Autor _ MARCEL SCHWOB

Título _ O LIVRO DE MONELLE

Copyright _ Hedra 2011
Tradução© _ Claudia Borges de Faveri
Título original _ *Le livre de Monelle*
Corpo editorial _ Adriano Scatolin, Alexandre B. de Souza, Bruno Costa, Caio Gagliardi, Fábio Mantegari, Felipe C. Pedro, Iuri Pereira, Jorge Sallum, Oliver Tolle, Ricardo Musse, Ricardo Valle

Dados _

Dados Internacionais de Catalogação na Publicação (

S425 Schwob, Marcel (1867–1905).
O livro de Monelle. / Marcel Schwob. Tradução e organização de Claudia Borges de Faveri. — São Paulo: Hedra, 2011. 112 p.

ISBN 978-85-7715-229-2

1. Literatura Francesa. 2. Romance. 3. Romance Impressionista. I. Título. II. Faveri, Claudia Borges de, Tradutora. III. Faveri, Claudia Borges de, Organizadora.

CDU 840
CDD 843

Elaborado por Wanda Lucia Schmidt CRB-8-1922

EDITORA HEDRA LTDA.
Endereço _
R. Fradique Coutinho, 1139 (subsolo)
05416-011 São Paulo SP Brasil
Telefone/Fax _ +55 11 3097 8304
E-mail _ editora@hedra.com.br
Site _ www.hedra.com.br
Foi feito o depósito legal.

Autor _ MARCEL SCHWOB

Título _ O LIVRO DE MONELLE

Organização e tradução _ CLAUDIA BORGES DE FAVERI

São Paulo _ 2011

hedra

Marcel Schwob (Chaville, 1867–Paris, 1905) foi ficcionista, ensaísta e tradutor francês. Com formação intelectual erudita, ocupou lugar de destaque nos meios literários parisienses nos anos 1890, tendo convivido intimamente com escritores como Paul Claudel, Guy de Maupassant, Jules Renard e Alfred Jarry, entre outros. Traduziu autores latinos como Luciano de Samósata, Catulo e Petrônio, mas tinha especial predileção por escritores de língua inglesa, como Defoe, Stevenson, Meredith e Whitman. Entre suas obras mais importantes estão *Cœur Double* (Coração duplo, 1891), *Le Roi au masque d'or* (O rei da máscara de ouro, 1892), *Le Livre de Monelle* (O livro de Monnelle, 1894), *La Croisade des enfants* (A cruzada das crianças, 1896) e *Vies imaginaires* (Vidas imaginárias, 1896).

O livro de Monelle (1894) é uma obra única, imune a classificações. Originalmente, os dezessete contos que formam a obra foram publicados entre 1892 e 1894 no *L'Écho de Paris*, sendo reunidos num volume por Léon Chailley em 1894. O livro se organiza sob a forma de um tríptico, no qual Schwob cria uma mistura sutil de gêneros: conto, poema em prosa e texto profético sob forma de versículos. Cada uma de suas partes se organiza, por sua vez, em fragmentos independentes que se diferenciam não apenas por sua forma, mas também por seus temas, unidos, no entanto, por um fio condutor: Monelle, misterioso personagem feminino. *O livro de Monelle* é um livro de luto que fascinou, à época de sua primeira publicação, nomes como Mallarmé e Anatole France. Uma das obras mais conhecidas de Marcel Schwob, foi várias vezes adaptado para teatro e rádio. Inédito em português.

Claudia Borges Faveri é professora de Literatura Francesa e de Teoria e História da Tradução da Universidade Federal de Santa Catarina (UFSC). Com doutorado em Letras pela Universidade de Nice Sophia Antipolis — França e pós-doutorado em Literatura pela Universidade Federal de Minas Gerais, dedica-se a pesquisas na área de Teoria e História da Tradução e Literatura Francesa Traduzida.

SUMÁRIO

INTRODUÇÃO

Nascido em uma culta família de ascendência judia em 1867, na pequena Chaville, perto de Paris, Marcel Schwob cresceu em um ambiente poliglota, convivendo desde cedo com governantas inglesas e preceptores alemães. Precoce, o pequeno Marcel, já aos dez anos, domina perfeitamente o inglês e o alemão, mas se interessa também por gramática, história e os contos de Edgar Allan Poe, que lê no original em inglês. Passa parte de sua infância em Nantes, importante cidade do oeste da França, onde seu pai, George Schwob, dirige o jornal *Le phare de la Loire*. Com onze anos, leitor ávido, publica seu primeiro artigo sobre um romance de Jules Verne no jornal de seu pai.

Adolescente, Schwob segue para Paris para continuar seus estudos e é acolhido por seu tio Léon Cahun (1841–1900), orientalista e erudito francês, além de autor de romances de aventura. Ele é também o diretor da Biblioteca Mazarine, a mais antiga biblioteca pública francesa, formada a partir do acervo pessoal do cardeal Mazarin (1602–1661). A convivência com o tio é determinante para a vocação literária do jovem Marcel. De erudição notável, Léon Cahun transmite a seu sobrinho o gosto pela história, pela etnologia e pela arquivística. A paleografia grega e o sânscrito também lhe vêm através do convívio com o tio que o faz ler, pela primeira vez — suprema descoberta — Villon e Rabelais.

A década de 1880 consolida o erudito, o literato e o homem fascinado pelo submundo, os marginais e o insólito. São os anos de sua formação e um Schwob de várias faces emerge desse mundo de leituras e descobertas, aquele que trará a seus futuros livros a peculiar atmosfera que fascina e intriga seus leitores. O estudo das línguas, antigas e modernas, apaixona-o: sânscrito, grego e latim, inglês e alemão. Também a filologia e a linguística: segue os cursos de Ferdinand de Saussure e Michel Bréal na *École des Hautes Études*. Começa a traduzir: por ora, Thomas de Quincey e Catulo. História antiga e filosofia ocupam da mesma forma lugar de destaque no seu vasto universo de interesse: lê Schopenhauer, Aristóteles e Espinosa.

O OBSCURO, O FANTÁSTICO, A INVENÇÃO

No fim da década, Schwob, que, desde sua chegada a Paris, alguns anos antes, contribui regularmente para o jornal de seu pai, intensifica sua atividade como jornalista, sem no entanto deixar de lado suas pesquisas e estudos. Seu primeiro livro publicado é um texto linguístico, *Étude sur l'argot français* (1889), escrito em colaboração com seu amigo Georges Guieysse. Schwob é fascinado pelo estudo das gírias, línguas que, segundo ele, nada têm de espontâneo, e são, ao contrário, artificiais e codificadas. Paralelamente aos estudos filológicos, sua carreira de jornalista literário e editor se consolida. São inúmeras as contribuições para os mais variados jornais e revistas da época, como *L'Écho de Paris*, *La Lanterne* e *L'Événement*. Torna-se um nome importante nos círculos literários da época. Profundo conhecedor de literatura inglesa, foi responsável pela introdução na França de nomes como Daniel Defoe, Oscar Wilde, Thomas de Quincey, Georges Meredith e Robert-Louis Stevenson. Alguns ele traduziu, como Defoe, de Quincey e Stevenson, além de Shakespeare.

Schwob foi também um grande descobridor de talentos: Walt Whitman, Paul Claudel, defendeu o teatro de Ibsen e a escultura de Camille Claudel. Alfred Jarry dedicou-lhe o *Ubu rei* e Paul Valéry sua *Introdução ao método de Leonardo Da Vinci*. Redescobriu François Villon, a cuja vida e obra dedicou longos estudos, era fascinado pela personalidade do poeta marginal que escapou duas vezes à forca e desapareceu sem deixar vestígios. Deixou inacabado, ao morrer, o projeto de um grande livro sobre o poeta do *Testamento*.

Marcel Schwob teve uma breve existência: morre em 1905 aos trinta e sete anos, após uma doença cruel que mina seus últimos dez anos de vida. Sua carreira literária é ainda mais curta, pois compõe toda sua obra de ficção no espaço de cinco anos, entre 1891 e 1896. Ele foi uma figura central no mundo literário francês do fim do século XIX, mas incompreendido por seus contemporâneos, em virtude da nova visão estética que trazia.

Sua obra literária caracteriza-se por uma negação das fronteiras tradicionais entre os gêneros, entretecendo crônica histórica e ficção, conto e poema em prosa, mesclados de aforismos. Sua poética desponta como uma inovação radical na literatura do fim do século XIX e preconiza uma escrita que vai se desenvolver plenamente ao longo do século seguinte. Schwob rejeita a narrativa naturalista, para ele mero inventário descritivo que banira a imaginação e a invenção do seio da literatura. O romance, encarnação da estética naturalista, não serve a seus propósitos estéticos. Schwob prefere, então, o conto, a novela ou, ainda, fragmentos de prosa poética. Suas criações são agrupadas segundo um sentido de unidade, geralmente dado e explicado em seus prefácios, e compõem o que o autor denominou de *romance impressionista*. À concepção tradicional de intriga e cronologia Schwob opõe narrativas curtas de formas inovadoras que apresentam não mais uma realidade catalogável, mas o trajeto de uma experiência. O romance não é mais uma narração conclusiva, linear e equilibrada, mas um enigma.

Em 1891, seu primeiro livro de ficção, *Coeur double*, agrupa textos publicados, antes, esparsamente, na revista *L'Écho de Paris* e alguns poucos inéditos. O livro é dedicado a Robert Louis-Stevenson. Schwob, ainda jovem autor, deixa transparecer as características e temas que vão se desenvolver ao longo de sua trajetória criativa: o mistério, a duplicidade, a ironia e a compaixão, agindo e fazendo agir personagens marginais, foras da lei, fantásticos e assustadores.

Em seguida, em 1892, será a vez de *Le Roi au masque d'or*. Assim como *Coeur double*, o livro é uma antologia de contos fantásticos que reúne textos publicados em revistas. *Le Roi au masque d'or* conserva o mesmo tom do anterior, embora inequivocamente mais influenciado pelo simbolismo. As várias dedicatórias traçam o mapa do mundo literário da época e das relações de Schwob com este universo: Anatole France, Paul Claudel, Edmond de Goncourt, Oscar Wilde, Georges Courteline, entre outros.

Em 1893 Schwob publica a intrigante e erudita antologia de poemas em prosa, *Mimes*, que, em seu gosto pela mistificação, apresenta como uma tradução do grego antigo. Neste breve volume, Schwob imita o poeta grego Herondas, do século III a.C., recriando a Grécia antiga em pequenos poemas em prosa, forma literária que ele empregará novamente em suas obras seguintes. *Mimes*, pela ruptura formal que representa, é a passagem de Schwob a uma maturidade criativa que dará seus frutos em *O livro de Monelle*, *Vidas imaginárias* e *A cruzada das crianças*.[1]

No verão de 1894 é publicado *O livro de Monelle*, espécie de evangelho místico de tom niilista, povoado por menininhas enigmáticas. Nele, Schwob sublima a dor da perda de Louise, sua "pequena Vise", jovem operária que foi sua amante por quase três anos. *O livro de Monelle* é a obra mais conhecida de Schwob, várias vezes adaptada para o teatro, inspirando artistas plásticos, músicos e desenhistas. *O livro de Monelle* não é apenas conhecido por ser o mais simbolista dos livros de Schwob, mas sobretudo por constituir o exemplo mais claro de *romance impressionista*: nenhuma trama ou cenário, mas depurada evocação poética de um luto.

[1]Ver *A cruzada das crianças/ Vidas imaginárias*. Tradução de Dorothée de Bruchard. São Paulo: Hedra, 2011.

Dois anos mais tarde, em 1896, Schwob publica *Vidas imaginárias* e *A cruzada das crianças*[2] e com estes dois livros preciosos encerra sua breve carreira de ficcionista. Com *Vidas imaginárias* Schwob inaugura um gênero de biografia, alheio à história, uma obra de arte que deve retratar o particular de cada indivíduo. É o próprio Schwob que afirma, no prefácio que escreveu para o livro, que a arte "opõe-se às idéias gerais, descreve apenas o individual, deseja somente o que é único".[3] Nas vinte e duas vidas retratadas neste livro, Schwob mescla realidade e imaginação, personagens ilustres dividem o espaço com anônimos. Qualquer indivíduo, real ou não, ilustre ou não, pode tornar-se o protagonista dessas vidas imaginadas e imaginárias.

Em *A cruzada das crianças*, também de 1896, Schwob volta, em sua última obra, a temas e maneiras que lhe são caros: recriação da Idade Média, a erudição como meio de reescritura, o tema da infância, utilizando fatos supostamente reais para criar um longo poema em prosa, no qual as diversas vozes narrativas são o arauto de um estilo mais depurado e límpido. Tinha então vinte e nove anos e já estava doente, não escreveu mais nenhuma ficção, com exceção do conto "L'étoile de bois", cuja escrita ele diz tê-lo exaurido. Esse

[2]Estes dois textos de Schwob eram os únicos, até o presente, traduzidos no Brasil. *A cruzada das crianças* conta com três traduções, de 1988, 1996 e 2007, por Milton Hatoum, Dorothée de Bruchard — reeditada pela Hedra em 2011 — e Celina Portocarrero, respectivamente. *Vidas imaginárias* foi traduzido em 1997 por Duda Machado e em 2011 por Dorothée de Bruchard.

[3]Schwob, Marcel. "L'art de la biographie". In SCHWOB, Marcel. *Oeuvres*. Paris: Les Belles Lettres, 2002, pp. 629–634.

texto excepcionalmente imagético é o adeus de Schwob à ficção. Nele a floresta e os elementos são os personagens que acompanham o pequeno Alain na busca por sua estrela, que "seul Dieu sait allumer".[4] Durante os dez anos seguintes, até sua morte, Schwob dedicou-se a pesquisas, estudos, prefácios, teatro e traduções.

Apesar de Schwob ser considerado um autor para iniciados, sua obra conquista incessantemente novos leitores com o passar dos anos. Ele é, ainda em nossos dias, um autor secreto, pouco conhecido mesmo na França, mas a influência de sua obra, apesar do relativo eclipse, é considerável. Ela se estende dos surrealistas a Jorge Luis Borges, que reconhece *Vidas imaginárias* como uma das inúmeras fontes de inspiração para a sua *História universal da infâmia*.

A maneira de ler Schwob se modificou com o passar dos anos, assim sua obra passou a despertar um novo interesse. Seus textos, povoados de magos, heréticos e aventureiros, espelhos e máscaras, brincam com o leitor, deixando-lhe falsas pistas, pois, servindo-se de sua erudição espantosa, Schwob mistifica, faz passar o real pelo imaginário e o imaginário pelo real. Frequentemente visto como o escritor da dualidade e do enigma, nele conviviam o artista e o erudito, o homem de análise e o criador imaginativo. Mais do que um simbolista, precursor dos surrealistas, ou decadente *fin-de-siècle*, Schwob é um autor que modificou a maneira de pensar a literatura. O eterno recriar, o real e o imaginário entre-

[4]Schwob, Marcel. "L'étoile de bois". In SCHWOB, Marcel. *Oeuvres*. Paris: Les Belles Lettres, 2002, pp. 465–480.

laçados, a multiplicação infindável de reminiscências literárias — características vistas, por muitos em seu tempo, como falta de originalidade ou talento — é o que, em nossos dias, o singulariza e faz de Schwob um autor profundamente moderno.

O LIVRO DE MONELLE: LUTO E REDENÇÃO

Os contos que compõem *O livro de Monelle* foram publicados, em revista, entre 1892 e 1894 e, depois, no verão de 1894, reunidos por Marcel Schwob para formar este livro único, uma de suas obras mais conhecidas, várias vezes adaptada para teatro e rádio e aplaudida pela crítica a cada reedição.

Obra de originalidade estética radical, *O livro de Monelle* é imune a classificações. São narrativas curtas, que se diferenciam não só por sua forma, mas também por seus temas, unidas, no entanto, por um fio condutor mais ou menos evidente: Monelle, misterioso personagem feminino, figura sublimada de Louise, sua pequena "Vise", como Schwob costumava chamar a jovem simples, frágil e doente que ele conheceu e amou entre 1890 e 1893. Ela vivia em condições miseráveis, prostituía-se para sobreviver e morreu aos vinte e cinco anos de tuberculose, deixando seu amante inconsolável durante meses.

Apesar de seus esforços, Schwob não conseguiu salvá-la e a perda dolorosa vai lhe inspirar *O livro de Monelle*, um livro de luto que fascinou, à época de sua primeira publicação, nomes como Mallarmé e Anatole France. Segundo Pierre Champion, biógrafo de Schwob, em Monelle, o escritor colocou toda a ternura que ele trazia escondida em si mesmo, em um livro que fala da revelação do conhecimento pelo amor.

A obra é um tríptico heterogêneo no qual vêm se misturar conto, poema em prosa e texto profético sob forma de versículos. E cada uma de suas partes se organiza, por sua vez, em fragmentos independentes. Assim, a primeira parte, "Palavras de Monelle", é constituída por dois textos escritos e publicados em separado. Ao primeiro deles, publicado em 1893, Schwob deu o nome de "As pequenas prostitutas", fazendo de Monelle uma descendente direta das criações de Thomas de Quincey e de Dostoiévski, as pequenas Anne e Nelly, prostitutas como ela. Mas quem é Monelle? E qual a origem desse estranho nome? Ao que tudo indica Monelle seria a encarnação literária de Louise, talvez então, daí, o nome: *L* de Louise, minha Louise, *Mon L.* Mas no percurso de luto que é *O livro de Monelle*, Schwob empreende não somente a busca da cura para sua dor, nela mergulhando. Ele vai também ao encontro de si mesmo e de sua arte. Monelle representaria, então, seu alter ego feminino, ou em termos junguianos, sua ânima: *mon elle*, ou seja, *meu ela*.

O segundo texto, que integra esta primeira parte, não conheceu publicação anterior e se constitui em um longo discurso da personagem Monelle, no qual o narrador pouco intervém. Pela boca de Monelle, Schwob anuncia sua filosofia e mística pessoal, numa dialética poética que integra o eterno ao fugidio, a criação à destruição e faz do momento o lugar de eleição para a vida e a criação. As "Palavras de Monelle" parecem trazer, paradoxalmente, a contestação solene do próprio ato de criação, ao mesmo tempo em que multiplicam as sentenças e preceitos que o restabelecem e organizam. Desnecessário dizer o quanto o texto de Schwob torna-se, por este procedimento, ambíguo, misterioso e desafiador.

A segunda parte, "As irmãs de Monelle", é uma sequência de pequenos contos, nos quais Schwob desfia as perversões e fantasias de onze meninas prisioneiras de seus inconscientes. São textos estreitamente relacionados ao conto maravilhoso, quer por sua temática, quer por elementos que eles atualizam (espaço simbólico, erva mágica, espelho, princesas). Dentre eles, duas reescrituras de Perrault: *O Barba-Azul* e *Cinderela*. O universo feminino infantil que Schwob cria e recria a partir da tradição do conto maravilhoso, em exercício de apropriação e refração tão a seu gosto, coloca em cena as irmãs de Monelle, aquelas que vagam pelo mundo, "não tendo ainda se encontrado".

A terceira parte, chamada "Monelle", é composta por seis curtas narrativas, todas dedicadas, como seu nome indica, à personagem central do livro. Aqui, a figura de Monelle reaparece, como na primeira parte do livro, como a idealização de uma guia, aquela que vai conduzir o narrador no seu itinerário iniciático às portas do "reino branco", do qual é a mensageira. Para isso será preciso renunciar a um falacioso reino negro, no qual o narrador se perde e se atarda e, também, a um desejado reino vermelho, que ele constrói com sua arte. Monelle aparece nesta terceira e última parte como um personagem profundamente ambíguo, portador de uma mensagem de redenção, mas também de morte e inconsciência. Uma libertadora que, no entanto, evolui em uma cena sempre opressora, fria e escura.

Schwob parece, deliberadamente, confundir o leitor, sobretudo nas últimas páginas da narrativa, quando aparece Louvette, espécie de dublê de Monelle, mas francamente mais positiva e realista. Com Louvette o narrador empreende a parte final de sua peregrinação, ainda em busca de Monelle, mas, aqui, toda a narração tende à representação de uma busca que, subitamente, parece querer afastar-se do poder sedutor e niilista que o atraía até então. É o momento da liberação, quando o narrador, fiel a si mesmo, foge com a pequena Louvette, que "se lembrou, e escolheu amar e sofrer".

É também o momento em que Schwob parece (ironicamente?) escolher a realidade e voltar ao convívio dos homens. Monelle, obra antissimbolista? Ou, talvez, suprema ironia de um autor que, em sua breve vida, fez da ambiguidade sua profissão de fé?

O LIVRO DE MONELLE

MONELLE me achou na planície onde eu errava e me tomou pela mão.

— Não fiques surpreso — disse ela —, sou eu e não sou eu.

Tu me encontrarás ainda e me perderás.

Uma vez mais eu virei entre vós; pois poucos homens me viram e nenhum me compreendeu.

Tu me esquecerás e me reconhecerás e me esquecerás.

E Monelle disse ainda:

— Eu te falarei das pequenas prostitutas, e tu conhecerás o início.

Bonaparte o matador, com dezoito anos, encontrou sob as portas de ferro do Palais-Royal uma pequena prostituta. Ela tinha a tez pálida e tremia de frio. Mas "era preciso ganhar a vida", disse-lhe ela. Nem tu, nem eu, não sabemos o nome dessa pequena que Bonaparte levou, numa noite de novembro, ao seu quarto, no hotel de Cherbourg. Ela era de Nantes, na Bretanha. Estava fraca e cansada, e seu amante acabara de abandoná-la. Ela era simples e boa; sua voz tinha um som muito suave. Bonaparte se lembrou disso tudo. E eu acho que depois a lembrança do som da sua voz o emocionou até as lágrimas e que ele a procurou por muito tempo, sem nunca mais a rever, nas noites de inverno.

Pois, vê, as pequenas prostitutas saem apenas uma vez da multidão noturna para um ato de bondade. A pobre Anne correu para Thomas de Quincey, o comedor de ópio, que desmaiava na larga rua de Oxford sob as grandes lâmpadas acesas. Com os olhos úmidos, ela levou-lhe aos lábios um copo de vinho suave, beijou-o e o acariciou. Depois voltou para a noite. Talvez tenha morrido logo. Ela tossia, diz de Quincey, na última noite em que a vi. Talvez errasse ainda nas ruas; mas, apesar da paixão de sua busca, mesmo enfrentando os risos das pessoas a quem ele se dirigia, Anne foi perdida para sempre. Quando ele teve mais tarde uma casa quente, pensou amiúde com lágrimas que a pobre Anne poderia ter vivido ali perto dele; ao invés de doente como ele a imaginava, ou morrendo, ou desolada, na escuridão central de um b... de Londres, e ela havia levado embora todo o amor piedoso de seu coração.

Vê, elas dão um grito de compaixão em sua direção, e acariciam sua mão com a mão descarnada. Elas só compreendem vocês se forem muito infelizes; elas choram com vocês e os consolam. A pequena Nelly veio até o forçado Dostoiévski saindo de sua casa infame, e, morrendo de febre, olhou-o por muito tempo com seus grandes olhos negros trêmulos. A pequena Sonia (ela existiu como as outras) beijou o assassino Rodion depois da confissão de seu crime. "Estás perdido!" Ela disse num tom desesperado. E, levantando-se repentinamente, atirou-se em seu pescoço, e o beijou... "Não, não há agora sobre a terra um homem mais infeliz que tu!" Exclamou ela num ímpeto de piedade, e de repente se desfez em soluços.

Como Anne e aquela que não tem nome e que veio até o jovem e triste Bonaparte, a pequena Nelly mergulhou no nevoeiro. Dostoiévski não disse o que aconteceu com a pequena Sonia, pálida e descarnada. Nem tu nem eu não sabemos se ela pôde ajudar até o fim Raskólnikov em sua expiação. Eu não creio. Ela se foi muito suavemente em seus braços, tendo muito sofrido e muito amado.

Nenhuma delas, vê, pode ficar com vocês. Elas seriam muito tristes e elas têm vergonha de ficar. Quando vocês não choram mais, elas não ousam olhar para vocês. Elas lhes ensinam a lição que têm para ensinar, e se vão. Elas vêm em meio ao frio e à chuva beijar sua testa e enxugar seus olhos e as terríveis trevas as retomam. Pois elas devem talvez ir a outro lugar.

Vocês só as conhecem enquanto elas são piedosas. Não se deve pensar outra coisa. Não se deve pensar o que elas poderiam ter feito nas trevas. Nelly na casa horrível, Sonia bêbada sobre o banco do bulevar, Anne devolvendo o copo vazio ao vendedor de vinho de uma ruela obscura eram talvez cruéis e obscenas. São criaturas de carne. Elas saíram de um beco sombrio para dar um beijo de piedade sob a lâmpada acesa da grande rua. Nesse momento, elas eram divinas.

Deve-se esquecer todo o resto.

Monelle calou-se e me olhou:

Eu saí da noite — disse ela —, e voltarei para a noite. Pois, eu também, sou uma pequena prostituta.

E Monelle disse ainda:

Eu tenho piedade de ti, tenho piedade de ti, meu amado.

No entanto voltarei para a noite; pois é necessário que me percas, antes de me reencontrares. E se me reencontrares, eu escaparei de ti de novo.

Pois eu sou aquela que é só.

E Monelle disse ainda:

Porque sou só, tu me darás o nome de Monelle. Mas considerarás que tenho todos os outros nomes.

E eu sou esta e aquela, e aquela que não tem nome.

E eu te conduzirei entre minhas irmãs, que são eu mesma, e semelhantes a prostitutas sem inteligência.

E as verás atormentadas pelo egoísmo e pela volúpia e pela crueldade e pelo orgulho e pela paciência e pela piedade, não tendo ainda se encontrado.

E tu as verás indo longe se procurar.

E tu mesmo me encontrarás e eu mesma me encontrarei; e tu me perderás e eu me perderei.

Pois sou aquela que se perde tão logo encontrada.

E Monelle disse ainda:

Nesse dia uma pequena mulher te tocará com a mão e fugirá.

Porque todas as coisas são fugitivas; mas Monelle é a mais fugitiva.

E, antes que me encontres, eu te ensinarei nesta planície, e escreverás o livro de Monelle.

E Monelle me estendeu uma férula oca onde ardia um filamento rosa.

Toma esta tocha — disse ela —, e queima. Queima tudo sobre a terra e no céu. E quebra a férula e a apaga quando tiveres queimado, pois nada deve ser transmitido.

Para que sejas o segundo nartecóforo e que destruas pelo fogo e que o fogo descido do céu suba ao céu.

E Monelle disse ainda: eu te falarei da destruição.

Eis a palavra: destrói, destrói, destrói. Destrói em ti mesmo, destrói em torno de ti. Faz lugar para tua alma e para as outras almas.

Destrói todo bem e todo mal. Os escombros são semelhantes.

Destrói as antigas habitações de homens e as antigas habitações de almas; as coisas mortas são espelhos que deformam.

Destrói, pois toda criação vem da destruição.

E pela bondade superior, é preciso exterminar a bondade inferior. E assim o novo bem surge saturado de mal.

E para imaginar uma nova arte, é preciso quebrar a arte antiga. E assim a nova arte parece uma espécie de iconoclastia.

Pois toda construção é feita de restos, e nada é novo neste mundo salvo as formas.

Mas é preciso destruir as formas.

E Monelle disse ainda: eu te falarei da formação.

O próprio desejo do novo não é senão apetência da alma que deseja se formar.

E as almas rejeitam as formas antigas como as serpentes suas antigas peles.

E os pacientes coletores de antigas peles de serpente entristecem as jovens serpentes porque eles têm um poder mágico sobre elas.

Pois aquele que possui as antigas peles de serpente impede as jovens serpentes de se transformarem.

Eis porque as serpentes despojam seu corpo no conduto verde de um arbusto profundo; e uma vez por ano as jovens se reúnem em círculo para queimar as peles antigas.

Sê portanto semelhante às estações destruidoras e formadoras.

Constrói tua casa tu mesmo e queima-a tu mesmo.

Não jogues escombros atrás de ti; que cada um se sirva de suas próprias ruínas.

Não construas na noite que passou. Deixa tuas construções fugirem à deriva.

Contempla novas construções nos menores ímpetos de tua alma.

Para todo desejo novo, faz deuses novos.

E Monelle disse ainda: eu te falarei dos deuses.

Deixa morrer os antigos deuses; não fiques sentado, semelhante a uma carpideira ao pé de suas tumbas.

Pois os antigos deuses alçam voo de seus sepulcros.

E não protejas os jovens deuses enrolando-os em bandagens.

Que todo deus alce voo, tão logo criado.

Que toda criação morra, tão logo criada.

Que o antigo deus ofereça sua criação ao jovem deus para que seja triturada por ele.

Que todo deus seja deus do momento.

E Monelle disse ainda: eu te falarei dos momentos.

Olha todas as coisas sob o aspecto do momento.

Deixa ir teu eu ao sabor do momento.

Pensa no momento. Todo pensamento que dura é contradição.

Ama o momento. Todo amor que dura é ódio.

Sê sincero com o momento. Toda sinceridade que dura é mentira.

Sê justo com o momento. Toda justiça que dura é injustiça.

Age para o momento. Toda ação que dura é um reino defunto.

Sê feliz com o momento. Toda felicidade que dura é infelicidade.

Tem respeito por todos os momentos, e não faças ligações entre as coisas.

Não atrases o momento: tu cansarias uma agonia.

Vê: todo momento é um berço e um ataúde. Que toda vida e toda morte te pareçam estranhas e novas.

E Monelle disse ainda: eu te falarei da vida e da morte.

Os momentos são semelhantes a bastões metade branco e preto.

Não organizes tua vida por meio de desenhos feitos com as metades brancas. Pois encontrarás em seguida os desenhos feitos com as metades pretas.

Que cada negror seja atravessado pela espera da brancura futura.

Não digas: eu vivo agora, eu morrerei amanhã. Não dividas a realidade entre a vida e a morte. Diz: agora eu vivo e morro.

Exaure a cada momento a totalidade positiva e negativa das coisas.

A rosa de outono dura uma estação; cada manhã ela se abre; todas as noites ela se fecha.

Sê semelhante às rosas: oferece tuas folhas ao arrancar das volúpias, ao pisotear das dores.

Que todo êxtase seja moribundo em ti, que toda volúpia deseje morrer.

Que toda dor seja em ti a passagem de um inseto que vai alçar voo. Não te curves sobre o inseto que rói. Não te apaixones por esses escaravelhos negros.

Que toda alegria seja em ti a passagem de um inseto que vai alçar voo. Não te curves sobre o inseto que suga. Não te apaixones por essas cetônias douradas.

Que toda inteligência brilhe e se apague em ti no espaço de um raio.

Que tua felicidade seja dividida em fulgurações. Assim teu quinhão de alegria será igual ao dos outros.

Tem a contemplação atomística do universo.

Não resistas à natureza. Não apoies contra as coisas os pés de tua alma. Que tua alma não vire o rosto como a criança mimada.

Vai em paz com a luz vermelha da manhã e o brilho cinza da tarde. Sê a aurora misturada ao crepúsculo.

Mistura a morte com a vida e divide-as em momentos.

Não esperes a morte: ela está em ti. Sê seu camarada e guarda-a junto a ti; ela é como tu mesmo.

Morre de tua morte; não invejes as mortes antigas. Varia os gêneros de morte com os gêneros de vida.

Tem toda coisa incerta por viva, toda coisa certa por morta.

E Monelle disse ainda: eu te falarei das coisas mortas.

Queima cuidadosamente os mortos, e espalha suas cinzas aos quatro ventos do céu.

Queima cuidadosamente as ações passadas, e esmaga as cinzas; pois a fênix que delas renascesse seria a mesma.

Não brinques com os mortos e não acaricies suas faces. Não rias deles e não chores sobre eles; esquece-os.

Não te fies nas coisas passadas. Não te ocupes em construir belos ataúdes para os momentos passados; pensa em matar os momentos que virão.

Tem desconfiança de todos os cadáveres.

Não abraces os mortos: pois eles sufocam os vivos.

Tem pelas coisas mortas o respeito que se deve às pedras de construção.

Não sujes tuas mãos ao longo das linhas gastas. Purifica teus dedos em águas novas.

Sopra o sopro de tua boca e não aspires os hálitos mortos.

Não contemples as vidas passadas mais do que tua vida passada. Não coleciones envelopes vazios.

Não carregues em ti cemitérios. Os mortos causam pestilência.

E Monelle disse ainda: eu te falarei de tuas ações.

Que toda taça de argila herdada se despedace entre tuas mãos. Quebra toda taça onde tenhas bebido.

Sopra sobre a lâmpada de vida que o corredor te estende. Pois toda lâmpada antiga é fumacenta.

Não legues nada a ti mesmo, nem prazer nem dor.

Não sejas escravo de nenhuma vestimenta, nem de alma nem de corpo.

Não batas jamais com a mesma face da mão.

Não te mires na morte; deixa ir tua imagem na água que corre.

Foge das ruínas e não chores entre.

Quando deixares tuas vestimentas à noite, despe-te de tua alma do dia; desnuda-te em todos os momentos.

Toda satisfação te parecerá mortal. Fustiga-a adiante.

Não digiras os dias passados: alimenta-te das coisas futuras.

Não confesses as coisas passadas, pois elas estão mortas; confessa diante de ti as coisas futuras.

Não desças para colher as flores ao longo do caminho. Contenta-te de toda aparência. Mas abandona a aparência, e não te voltes.

Não te voltes nunca: atrás de ti acorre o alento das chamas de Sodoma, e serias transformado em estátua de lágrimas petrificadas.

Não olhes atrás de ti. Não olhes muito à tua frente. Se olhares em ti, que tudo seja branco.

Não te espantes com nada por comparação com a lembrança; espanta-te com tudo pela novidade da ignorância.

Espanta-te com toda coisa; pois toda coisa é diferente em vida e semelhante na morte.

Constrói nas diferenças; destrói nas similitudes.

Não te dirijas às permanências; elas não estão nem na terra nem no céu.

A razão sendo permanente, tu a destruirás, e deixarás que mude tua sensibilidade.

Não temas te contradizer: não há contradição no momento.

Não ames tua dor; pois ela não durará.

Considera tuas unhas que crescem, e as pequenas escamas de tua pele que caem.

Sê negligente com todas as coisas.

Com um buril afiado tu te ocuparás em matar pacientemente tuas lembranças como o antigo imperador matava as moscas.

Não faças durar tua felicidade da lembrança até o futuro.

Não te lembres e não prevejas.

Não digas: eu trabalho para adquirir, eu trabalho para esquecer. Esquece da aquisição do trabalho.

Revolta-te contra todo trabalho; contra toda atividade que exceda o momento, revolta-te.

Que tua marcha não vá de uma ponta a outra; pois tal não há; mas que cada um de teus passos seja uma projeção alinhada.

Tu apagarás com teu pé esquerdo o rastro do teu pé direito.

A mão direita deve ignorar o que acaba de fazer a mão direita.

Não te conheças a ti mesmo.

Não te preocupes com tua liberdade: esquece-te de ti mesmo.

E Monelle disse ainda: eu te falarei de minhas palavras.

As palavras são palavras enquanto são faladas.

As palavras conservadas são mortas e engendram a pestilência.

Escuta minhas palavras faladas e não ajas segundo minhas palavras escritas.

Tendo assim falado na planície, Monelle se calou e tornou-se triste; pois ela devia voltar para a noite.

E ela me disse de longe:

Esquece-me e eu te serei restituída.

E eu olhei pela planície e vi erguerem-se as irmãs de Monelle.

AS IRMÃS DE MONELLE

A EGOÍSTA

Pela pequena sebe que cercava o internato cinza no topo da falésia, um braço de criança se estendeu com um pacote amarrado por uma fita rosa.

— Segure isso primeiro — disse uma voz de menina. — Preste atenção: isso quebra.

Você me ajuda depois.

Uma fina chuva caía igualmente sobre as cavidades do rochedo, a ansa profunda, e crivava o turbilhão das ondas ao pé da falésia. O garoto que espiava na cerca avançou e disse baixinho:

— Passe na frente, depressa.

A menina gritou:

— Não, não, não! Eu não posso. Preciso cobrir meu pacote; eu quero levar minhas coisas. Egoísta! Egoísta! Vá! Está vendo bem que você faz eu me molhar!

O garoto torceu a boca e segurou o pequeno pacote. O papel ensopado se desfez e na lama rolaram triângulos de seda amarela e violeta estampados com flores, fitas de veludo, uma pequena calça de boneca em linho, um coração de ouro oco articulado, e uma bobina nova de linha vermelha. A menina passou sobre a sebe, picou as mãos nos galhinhos duros, e seus lábios tremeram.

— Pronto, veja — disse ela. — Você foi muito teimoso. Todas as minhas coisas se estragaram. Seu nariz subiu, suas sobrancelhas se aproximaram, sua boca se abriu e ela se pôs a chorar:

— Deixe-me, deixe-me. Eu não quero mais nada com você. Vá embora. Você me faz chorar. Eu vou voltar para Mademoiselle.

Depois juntou tristemente seus estofos.

— Minha linda bobina se estragou — disse ela. — Eu que queria bordar o vestido de Lili!

Pelo bolso horrivelmente aberto de sua curta saia se via uma pequena cabeça comum de porcelana com uma extraordinária gadelha de cabelos loiros.

— Venha — cochichou-lhe o garoto. — Tenho certeza de que sua Mademoiselle já procura você.

Ela se deixou levar enxugando os olhos com as costas de uma mãozinha manchada de tinta.

— E o que foi que houve de novo esta manhã? — perguntou o garoto. — Ontem você não queria mais.

— Ela me bateu com seu cabo de vassoura — disse a menina apertando os lábios. — Bateu e me prendeu no armário de carvão, com as aranhas e os bichos. Quando eu voltar, colocarei a vassoura na sua cama, queimarei sua casa com o carvão e a matarei com sua tesoura. Sim. (Ela fez um bico com a boca) Oh! Leve-me para longe, que eu não a veja mais. Tenho medo de seu nariz empinado e de seus óculos. Eu bem que me vinguei antes de partir. Imagine que ela tinha o retrato de seu papai e de sua mamãe dentro de coisas de veludo, sobre a lareira. Velhos, não como minha mamãe. Você não imagina. Eu os lambuzei com sal azedo. Eles vão ficar horríveis. É bem feito. Você poderia me responder, ao menos.

O garoto olhava o mar. Ele estava sombrio e brumoso. Uma cortina de chuva velava toda a baía. Não se via mais os recifes nem as balizas. Por momentos o véu úmido tecido de gotinhas que escorriam se esburacava sobre montes de algas negras.

— Não poderemos andar esta noite — disse o garoto. — Vai ser preciso ir para a cabana da aduana onde tem feno.

— Eu não quero, é sujo! — gritou a menina.

— Mesmo assim — disse o garoto. — Você tem vontade de rever sua Mademoiselle?

— Egoísta! — disse a menina, que explodiu em soluços. — Eu não sabia que você era assim. Se eu soubesse, meu Deus! Eu que não conhecia você!

— Bastava você não fugir. Quem foi que me chamou, outra manhã, quando eu passava na estrada?

— Eu? Oh! Mentiroso! Eu não teria fugido se você não me tivesse dito. Eu tinha medo de você. Eu quero ir embora. Eu não quero dormir no feno. Eu quero minha cama.

— Você é livre — disse o garoto.

Ela continuou a caminhar, dando de ombros. Depois de alguns instantes:

— Se eu quero sim — disse ela —, é porque eu estou molhada, por isso.

A cabana se estendia praia abaixo, e os ramos de palha erguidos na terra do teto escorriam silenciosamente. Eles empurraram a prancha à entrada. No fundo ficava uma espécie de alcova, feita com tampas de caixas e cheia de feno.

A menina sentou-se. O garoto lhe enrolou os pés e as pernas com erva seca.

— Isso pica — disse ela.

— Isso esquenta — disse o garoto.

Ele sentou-se perto da porta e espreitou o tempo. A umidade o fazia tremer levemente.

— Você não está com frio, pelo menos! — disse a menina. — Depois, você fica doente, e o que farei, eu!

O garoto sacudiu a cabeça. Eles ficaram sem falar. Apesar do céu coberto, sentia-se o crepúsculo.

— Estou com fome — disse a menina. — Esta noite tem ganso assado com castanhas na casa de Mademoiselle. Oh! Você não pensou em nada. Eu tinha trazido uns pedaços de pão. Eles viraram sopa. Toma!

Ela estendeu a mão. Seus dedos estavam colados com uma massa fria.

— Eu vou pegar caranguejos — disse o garoto. — Tem lá no fim das Pedras-Negras. Vou pegar a canoa da aduana, embaixo.

— Eu vou ficar com medo, sozinha.

— Você não quer comer?

Ela não respondeu nada.

O garoto sacudiu os ramos colados em sua capa e se esquivou para fora. A chuva cinza o abraçou. Ela escutou seus passos chupados na lama.

Depois vieram rajadas, e o grande silêncio ritmado da chuva. A penumbra veio, mais forte e mais triste. A hora do jantar na casa de Mademoiselle tinha passado. A hora de deitar tinha passado. Lá longe, sob as lâmpadas de óleo suspensas, todo mundo dormia em leitos brancos bordados. Algumas gaivotas proclamaram a tempestade. O vento turbilhonou e as ondas bombardearam os grandes buracos da falésia. Na espera de seu jantar a menina adormeceu, depois acordou. O garoto devia brincar com os caranguejos. Que egoísta! Ela sabia muito bem que os barcos flutuam sempre sobre a água. As pessoas se afogam quando elas não têm barco.

— Ele ficará bem surpreso, quando vir que eu durmo — disse ela. — Não responderei nenhuma palavra, vou fazer de conta. Vai ser bem feito.

No meio da noite, ela se viu sob a luz de uma lanterna. Um homem com uma capa pontuda acabava de encontrá-la, enrolada como um rato. Seu rosto estava brilhante, de água e de luz...

— Onde está a canoa? — disse ele.

E ela exclamou, contrariada:

— Oh! Eu sabia! Ele não me trouxe caranguejos e perdeu o barco!

A VOLUPTUOSA

— Terrível, isso — disse a menina —, porque sangra sangue branco.

Ela estourava com suas unhas cabeças verdes de papoulas. Seu pequeno camarada a olhava calmamente. Eles tinham brincado de bandido entre as castanheiras, bombardeado as rosas com as castanhas novas, debulhado bolotas novas, colocado o jovem gato que miava sobre as pranchas da cerca. O fundo do jardim obscuro, onde crescia uma árvore forcada, tinha sido a ilha de Robinson. Uma peneira de regador serviu como concha de guerra para o ataque dos selvagens. Ervas de cabeça longa e negra, feitas prisioneiras, foram decapitadas. Algumas cetônias azuis e verdes, capturadas na caça, levantavam pesadamente seus élitros no balde do poço. Eles tinham sulcado a areia das aleias, de tanto ali fazer passar as armadas, com bastões de parada. Agora, eles acabavam de dar assalto ao monte relvoso do prado. O sol poente os cercava de uma gloriosa luz.

Eles se estabeleceram sobre as posições conquistadas, um pouco cansados, e admiraram as longínquas brumas carmesim do outono.

— Se eu fosse Robinson — disse ele —, e você Sexta-Feira, e se tivesse uma grande praia lá embaixo, nós iríamos procurar pegadas de canibais na areia.

Ela refletiu e perguntou:

— Robinson batia em Sexta-Feira para se fazer obedecer?

— Eu não me lembro mais — disse ele —; mas eles bateram nos velhos vis espanhóis, e nos selvagens da terra de Sexta-Feira.

— Eu não gosto dessas histórias — disse ela. — São brincadeiras de menino. Vai escurecer. Se a gente brincasse de contos: a gente teria medo de verdade.

— De verdade?

— Veja, você crê então que a casa do Ogro, com seus longos dentes, não aparece todas as noites no fundo da floresta?

Ele a considerou e bateu seus maxilares:

— E quando ele comeu as sete pequenas princesas, fez nham, nham, nham.

— Não, isso não — disse ela —; a gente só pode ser ou o Ogro ou o Pequeno Polegar. Ninguém sabe o nome das pequenas princesas. Se você quiser, eu serei a Bela que dorme em seu castelo, e você vem me acordar. Vai ser preciso me beijar com muita força. Os príncipes beijam formidavelmente, você sabe.

Ele sentiu-se tímido, e respondeu:

— Eu acho que já é muito tarde para dormir sobre a relva. A Bela estava em sua cama, em um castelo cercado de espinhos e de flores.

— Então vamos brincar de Barba-Azul — disse ela. — Eu vou ser sua mulher e você me proibirá de entrar no pequeno quarto. Comece: você vem para se casar comigo. "Senhor eu não sei... Suas seis mulheres desapareceram de uma maneira misteriosa. É verdade que o senhor tem uma bela e grande barba azul, e que o senhor habita um esplêndido castelo. O senhor não me fará mal, jamais, jamais?"

Ela implorou com o olhar.

— Agora, você me pediu em casamento, e meus pais concordaram prontamente. Nós estamos casados. Dê-me todas as chaves. "E o que é esta bonitinha pequeninha?" Você vai fazer uma voz grossa para me proibir de abrir.

— Agora, você se vai e eu desobedeço imediatamente. "Oh! que horror! Seis mulheres assassinadas!" Eu desmaio, e você chega para me segurar. Pronto. Você volta como Barba-Azul. Faça a voz grossa. "Meu senhor, eis aqui todas as chaves que o senhor me confiou." Você me pergunta onde está a pequena chave. "Meu senhor, eu não sei: eu não toquei nela." Grite. "Meu senhor, perdoe-me, ei-la: ela estava lá no fundo de meu bolso."

— Então você vai olhar a chave. Tinha sangue na chave?

— Sim — disse ele —, uma mancha de sangue.

— Eu me lembro — disse ela. — Eu a esfreguei, esfreguei, mas não pude tirá-la. Era o sangue das seis mulheres?

— Das seis mulheres.

— Ele as matou todas, hein, porque elas entravam no pequeno quarto? Como ele as matava? Ele lhes cortava a garganta, e as suspendia no gabinete escuro? E o sangue escorria por seus pés até o chão? Era sangue muito vermelho, vermelho escuro não como o sangue das papoulas quando eu as arranho. É preciso ficar de joelhos, para se cortar a garganta, não?

— Eu acho que é preciso ficar de joelhos — disse ele.

— Isso vai ser muito divertido — disse ela. — Mas você vai me cortar a garganta como se fosse de verdade?

— Sim, mas — disse ele —, Barba-Azul não conseguiu matá-la.

— Não faz mal — disse ela. — Por que Barba-Azul não cortou a cabeça de sua mulher?

— Porque seus irmãos chegaram.

— Ela estava com medo, não?

— Muito medo.

— Ela gritava?

— Ela chamava pela irmã Anne.

— Eu não teria gritado.

— Sim, mas — disse ele —, Barba-Azul teria tido tempo de matar você. Irmã Anne estava na torre, para olhar a relva verdejante. Seus irmãos, que eram mosqueteiros muito fortes, chegaram a grande galope de seus cavalos.

— Eu não quero brincar assim — disse a menina. — Isso me entedia. Já que eu não tenho uma irmã Anne, ora.

Ela se voltou gentilmente para ele:

— Já que meus irmãos não virão — disse ela —, vai ser preciso me matar, meu pequeno Barba-Azul, me matar com força, com força!

Ela se pôs de joelhos. Ele segurou seus cabelos, colocou-os para frente, e levantou a mão.

Lenta, os olhos fechados e os cílios tremendo, o canto dos lábios agitado por um sorriso nervoso, ela estendeu os pelos de sua nuca, seu pescoço, e seus ombros voluptuosamente recolhidos à lâmina cruel do sabre de Barba-Azul.

Oh... uh — gritou ela —, isso vai doer!

A PERVERSA

— Madge!

A voz subiu pela abertura quadrada do assoalho. Um enorme eixo de carvalho polido atravessava o teto redondo e girava com um som rouco. A grande pá de tela cinza pregada sobre seu esqueleto de madeira voava diante da lucarna por entre a poeira de sol. Embaixo, dois bichos de pedra pareciam lutar de maneira regular, enquanto o moinho ofegava e tremia sobre sua base.

A cada cinco segundos, uma sombra longa e reta cortava o pequeno quarto. A escada que subia até o cume interior estava polvilhada de farinha.

— Madge, você vem? — retomou a voz.

Madge tinha apoiado sua mão contra o eixo de carvalho. Um atrito contínuo lhe fazia cócegas na pele, enquanto ela olhava, um pouco inclinada, o campo plano. A colina do moinho se arredondava como uma cabeça raspada. As pás giratórias quase tocavam a erva baixa onde suas imagens negras se perseguiam sem jamais se alcançarem. Tantos asnos pareciam ter coçado suas costas no ventre da parede ligeiramente cimentada que o chapisco deixava ver as marcas cinza das pedras. Na parte baixa do montículo, um caminho, escavado por marcas ressecadas, se inclinava até um grande lago onde se molhavam folhas vermelhas.

— Madge, estamos indo — gritou novamente a voz.

— Bom, vão — disse Madge baixinho.

A pequena porta do moinho rangeu. Ela viu tremer as duas orelhas do asno que tateava a erva com o casco, com precaução. Um grande saco estava espalhado sobre sua sela. O velho moleiro e seu ajudante espetavam a traseira do animal. Eles desceram todos pelo caminho escavado. Madge ficou só, sua cabeça passando pela lucarna.

Quando seus pais a haviam encontrado uma noite, estendida em sua cama de barriga para baixo, a boca cheia de areia e carvão, eles consultaram os médicos. Sua sugestão foi enviar Madge para o campo, e lhe cansar as pernas, as costas e os braços. Mas desde que chegara ao moinho, ela se escondia desde a aurora sob o pequeno sótão, de onde considerava a sombra giratória das pás.

De repente ela tremeu da ponta dos cabelos aos calcanhares. Alguém tinha levantado o trinco da porta.

— Quem está aí? — perguntou Madge pela abertura quadrada.

E ela escutou uma voz fraca:

— Se pudesse beber alguma coisa: estou com muita sede.

Madge olhou através dos degraus. Era um velho mendigo do campo. Ele tinha um pão em seu bisaco.

— Ele tem pão — disse Madge a si mesma —; é pena que ele não tenha fome.

Ela gostava dos mendigos, como dos sapos, dos caracóis, e dos cemitérios, com certo horror.

Ela gritou:

— Espere um pouco!

Depois desceu a escada, de frente. Quando estava embaixo:

— O senhor é bem velho — disse ela —, o senhor está com muita sede?

— Oh! Sim, minha boa e pequena senhorita — disse o velho homem.

— Os mendigos têm fome — retomou Madge com resolução. — Eu gosto de gesso. Tome.

Ela arrancou uma casca branca da parede e a mastigou. Depois disse:

— Todo mundo saiu. Eu não tenho copo. Tem a bomba.

Ela lhe mostrou o cabo torcido. O velho mendigo se curvou. Enquanto ele aspirava o jato, com a boca no cano, Madge puxou sutilmente o pão de seu bisaco! E o enfiou em um monte de farinha.

Quando ele se virou, os olhos de Madge dançavam.

— Por ali — disse ela —, há um grande lago. Os pobres podem beber ali.

— Nós não somos animais — disse o velho homem.

— Não — retomou Madge —, mas o senhor é infeliz. Se o senhor está com fome, eu vou roubar um pouco de farinha e lhe darei. Com a água do lago, esta noite, o senhor poderá fazer uma massa.

— Massa crua! — disse o mendigo. — Deram-me um pão, muito obrigada, senhorita.

— E o que o senhor faria, se não tivesse pão? Eu, se fosse tão velha, me afogaria. Os afogados devem ser muito felizes. Eles devem ser bonitos. Eu lamento muito pelo senhor, meu pobre homem.

— Deus esteja com você, boa senhorita — disse o velho homem —, eu estou realmente cansado.

— E o senhor terá fome esta noite — gritou-lhe Madge, enquanto ele descia o declive da colina. — Não é, bravo homem, terá fome? Vai precisar comer seu pão. Vai precisar molhá-lo na água do lago, se seus dentes são ruins. O lago é muito profundo.

Madge escutou até não mais ouvir o barulho de seus passos. Ela puxou vagarosamente o pão da farinha, e o olhou. Era um pão escuro, agora sujo de branco.

— Pouah! — disse ela. — Se eu fosse pobre, roubaria pão branco nas belas padarias.

Quando o mestre moleiro voltou, Madge estava deitada de costas, a cabeça na moagem. Ela segurava o pão contra si, com as duas mãos; e os olhos proeminentes, as bochechas infladas, um pedaço de língua violeta entre os dentes serrados, tentava imitar a imagem que ela se figurava de uma pessoa afogada.

Depois de terem comido a sopa:

— Mestre — disse Madge —, não é verdade que antigamente, há muito tempo, muito tempo, vivia neste moinho um enorme gigante, que fazia seu pão com ossos de homens mortos?

O moleiro disse:

— Histórias. Mas sob a colina, há câmaras de pedra que uma sociedade quis me comprar, para explorar. Antes, eu demoliria meu moinho. Eles que abram suas velhas tumbas, nas suas cidades. Elas já são podres o suficiente.

— Deviam estalar, hein, os ossos dos mortos — disse Madge. — Mais que o seu trigo, mestre! E o gigante fazia um pão muito bom com isso, muito bom e o comia; sim, ele o comia.

O garoto Jean deu de ombros. O ofego do moinho se havia calado. O vento não inflava mais as pás. Os dois bichos circulares de pedra tinham cessado de lutar. Um pesava sobre o outro, silenciosamente.

— Jean me disse, antes, mestre — disse ainda Madge —, que se podem encontrar os afogados com um pão onde se tenha colocado mercúrio. A gente faz um buraquinho na casca e derrama. Joga o pão na água, e ele para bem em cima do afogado.

— E eu sei? — disse o moleiro. — Não é ocupação para mocinhas. Quantas histórias, Jean!

— Foi senhorita Madge quem me perguntou — respondeu o garoto.

— Eu colocaria chumbo de caça — disse Madge. — Não tem mercúrio aqui. Talvez a gente encontrasse afogados no lago.

Diante da porta ela esperou o crepúsculo, seu pão sob o avental, chumbinho apertado na mão. O mendigo devia ter tido fome. Ele se afogou no lago. Ela faria subir seu corpo, e como o gigante, ela poderia moer a farinha e preparar a massa com ossos de homem morto.

A DESILUDIDA

Na junção dos dois canais, havia uma eclusa alta e negra; a água parada era verde até a sombra das muralhas; contra a cabana do guarda da eclusa, feita de pranchas betumadas, sem uma flor, as persianas batiam ao vento; pela porta entreaberta, via-se a figurinha pálida de uma menina, cabelos desgrenhados, o vestido entre as pernas. Urtigas desciam e subiam na margem do canal; havia uma nuvem de sementes aladas do baixo outono, e pequenas rajadas de poeira branca. A cabana parecia vazia; a região era melancólica; uma faixa de erva amarelada se perdia no horizonte.

Quando a pouca luz do dia se esvaía, escutou-se o ronco do pequeno rebocador. Ele apareceu depois da eclusa, com o rosto sujo de carvão do condutor que olhava indolentemente pela porta de lona; e atrás uma corrente se desenrolava na água. Depois vinha, flutuante e calma, uma barca marrom, larga e plana; ela trazia no meio uma casinha presa por cabos, cujas pequenas vidraças eram redondas e douradas; ipomeias vermelhas e amarelas trepavam em volta das janelas, e dos dois lados da entrada havia gamelas de madeira cheias de terra com lírios do vale, resedá e gerânios.

Um homem que batia um avental encharcado na borda da barca, disse ao que segurava a vara:

— Mahot, quer matar a fome enquanto esperamos a eclusa?

— Pode ser — respondeu Mahot.

Ele guardou a vara, saltou uma pilha oca de corda enrolada, e sentou-se entre as duas gamelas de flores. Seu companheiro lhe bateu no ombro, entrou na casinha branca, e trouxe um embrulho de papel impermeável, um pão comprido e uma moringa de barro. O vento jogou o papel oleoso sobre os tufos de lírios do vale. Mahot juntou-o e jogou-o na eclusa. Ele voou aos pés da menina.

— Bom apetite aí em cima — gritou o homem —; nós jantamos.

Ele acrescentou:

— Índio, seu criado, minha conterrânea. Você poderá contar a seus amigos que passamos por aqui.

— Gozador você, Índio — disse Mahot. — Deixe a mocinha. É porque ele tem a pele morena, senhorita; nós o chamamos desse jeito nas chalanas.

E uma pequena voz fraca respondeu:

— Aonde vocês vão, da barca?

— Nós levamos carvão para o sul — gritou o Índio.

— Onde tem sol? — disse a pequena voz.

— Tanto que tingiu o couro do velho — respondeu Mahot.

E a pequena voz retomou, depois de um silêncio:

— Vocês me levariam com vocês, da barca?

Mahot parou de mastigar sua comida. Índio pousou a moringa para rir.

— Olhe só, *da barca*! — disse Mahot. — Senhorita Barquete! E sua eclusa? Veremos isso amanhã de manhã. O papai não ficaria contente.

— Já estamos então cansados destas paragens? — perguntou o Índio.

A pequena voz não disse mais nada, e a figurinha pálida entrou na cabana.

A noite fechou os muros do canal. A água verde subiu ao longo das comportas da eclusa. Via-se somente o brilho de uma vela atrás das cortinas vermelho e branco, na casinha. Ouvia-se barulhos regulares contra a quilha, e a barca se balançava quando subia. Um pouco antes do amanhecer, os gonzos rangeram com um rolar de corrente e, a eclusa se abrindo, a barca deslizou para longe, puxada pelo pequeno rebocador sem fôlego. Quando as janelas redondas refletiam as primeiras nuvens vermelhas, a barca tinha deixado a região melancólica, onde o vento frio sopra sobre as urtigas.

O Índio e Mahot foram acordados pelo gorjeio terno de uma flauta falante e batidinhas cutucadas nas janelas.

— Os pardais ficaram com frio, esta noite, velho — disse Mahot.

— Não — disse o Índio —, é uma pardalzinha: a menina da eclusa. Ela está aqui, palavra de honra. Puxa!

Eles não conseguiram não sorrir. A menina estava vermelha da aurora, e disse com sua pequena voz:

— Vocês me permitiram vir amanhã de manhã. Já é amanhã de manhã. Eu vou com vocês onde tem sol.

— Onde tem sol? — disse Mahot.

— É — retomou a pequena. — Eu sei. Onde há moscas verdes e moscas azuis, que acendem de noite; onde tem pássaros do tamanho da unha que vivem nas flores; onde as uvas sobem nas árvores; onde tem pão nos galhos e leite nas nozes, e rãs que latem como enormes cachorros e...coisas que andam na água, ...abóboras — não — bichos que escondem sua cabeça em uma concha. A gente os vira de costas. A gente faz sopa com eles. Abóboras. Não... Não sei mais...ajudem-me.

— O diabo que me carregue — disse Mahot. — Tartarugas, talvez?

— Sim... — disse a menina. — Tartarugas.

— Não tudo isso — disse Mahot. — E seu papai?

— Foi papai quem me ensinou.

— Muito bem — disse o Índio. — Ensinou o quê?

— Tudo o que eu disse, as moscas que acendem, os pássaros e as... abóboras. Ora, papai era marinheiro antes de abrir a eclusa. Mas papai está velho. Chove sempre onde moramos. Só tem ervas daninhas. Vocês não sabem? Eu quis fazer um jardim, um belo jardim na nossa casa. Fora, tem muito vento. Eu teria tirado as tábuas do assoalho, no meio; colocaria terra boa, e depois grama, e depois rosas, e depois flores vermelhas que fecham de noite, com belos pequenos pássaros, rouxinóis, trigueirões, e pintassilgos para conversar. Papai me proibiu. Ele me disse que isso estragaria a casa e que daria umidade. Então eu não quis umidade. Então eu vim com vocês para ir para lá.

A barca flutuava suavemente. Nas margens do canal, as árvores fugiam enfileiradas. A eclusa estava longe. Não se podia virar de bordo. O rebocador apitava avançando.

— Mas você não verá nada — disse Mahot. — Nós não vamos para o mar. Nós nunca encontraremos tuas moscas, nem teus pássaros, nem tuas rãs. Haverá um pouco mais de sol. É tudo. Não é verdade, Índio?

— Por certo — disse ele.

— Por certo? — repetiu a menina. — Mentirosos! Eu sei bem, ora.

O Índio deu de ombros.

— Não precisa morrer de fome — disse ele —, em todo caso. Vem tomar sua sopa, Barquete.

E ela ficou com este nome. Pelos canais cinza e verde, frios e tristes, ela lhes fez companhia na barca, esperando o lugar dos milagres. A barca margeou os campos morenos, com seus brotos delicados: e os arbustos magros começaram a mexer suas folhas; e as colheitas se amarelaram, e as papoulas se retesaram como copinhos vermelhos em direção às nuvens. Mas Barquete não ficou alegre com o verão. Sentada entre as gamelas de flores, enquanto o Índio e Mahot manobravam a vara, ela pensava que a tinham enganado. Pois ainda que o sol deitasse seus anéis alegres sobre o assoalho pelas janelinhas douradas, apesar dos martins-pescadores que cruzavam sobre a água, e das andorinhas que sacudiam seus bicos molhados, ela não tinha visto os pássaros que vivem nas flores, nem a uva que subia nas árvores, nem as grandes nozes cheias de leite, nem as rãs iguais a cachorros.

A barca chegou ao sul. As casas nas bordas do canal eram folhudas e floridas. As portas, coroadas de tomates vermelhos, e havia cortinas de pimentas penduradas nas janelas.

— É isso — disse um dia Mahot. — Logo vamos descarregar o carvão e voltar. Papai vai ficar contente, hein?

Barquete sacudiu a cabeça.

E de manhã, o barco na amarra, eles escutaram batidinhas cutucadas nas janelas redondas:

— Mentirosos! — gritou uma pequena voz.

O Índio e Mahot saíram da casinha. Uma figurinha pálida se voltou, da margem do canal; e Barquete gritou-lhes de novo, fugindo pela costa:

— Mentirosos! Vocês são todos uns mentirosos!

A SELVAGEM

O pai de Bûchette a levava ao bosque desde o raiar do dia, e ela ficava sentada perto dele, enquanto ele abatia as árvores. Bûchette via o machado se afundar e fazer saltar magras lascas de casca; frequentemente o musgo cinza vinha grudar-se no seu rosto. "Madeira!" Gritava o pai de Bûchette, quando a árvore se inclinava com um estalo que parecia subterrâneo. Ela ficava um pouco triste diante do monstro deitado na clareira, com seus galhos esmagados e seus ramos feridos. No fim da tarde, um círculo avermelhado de pilhas de carvão se acendia na penumbra. Bûchette sabia a hora em que devia abrir a cesta de junco e dar a seu pai a moringa de barro e o pedaço de pão escuro. Ele se esticava entre as galhadas destruídas para mastigar lentamente. Bûchette tomava sopa na volta. Ela corria em volta das árvores marcadas, e se o pai não a olhava, ela se escondia para fazer: "Hou!"

Havia lá uma caverna escura que chamavam Santa-Maria-cara-de-lobo, cheia de espinhos e sonora de ecos. Na ponta dos pés, Bûchette a considerava de longe.

Uma manhã de outono, os cimos murchos da floresta ainda ardentes da aurora, Bûchette viu mexer uma coisa verde diante da Cara-de-lobo. Essa coisa tinha braços e pernas, e a cabeça parecia de uma menininha da mesma idade de Bûchette.

Primeiro Bûchette teve medo de se aproximar. Ela não ousava nem mesmo chamar seu pai. Pensava que lá estava uma dessas pessoas que respondiam de dentro da Cara-de-lobo, quando se falava alto lá dentro. Ela fechou os olhos, com medo de se mexer e provocar um ataque sinistro. E, inclinando a cabeça, escutou um soluço que vinha de lá. Aquela estranha menininha verde chorava. Então Bûchette reabriu os olhos, e teve pena. Pois via a cara verde, doce e triste, molhada de lágrimas, e duas mãozinhas verdes nervosas que apertavam a garganta da menininha extraordinária.

— Ela talvez tenha caído no meio de folhagens ruins, que mancham — disse consigo mesma Bûchette.

E, corajosa, ela atravessou samambaias munidas de

ganchos e espirais, até quase tocar a singular figura. Pequenos braços esverdeados se estenderam para Bûchette, por entre os espinhos murchos.

— Ela é igual a mim — disse Bûchette a si mesma —, mas tem uma cor estranha.

A criatura verde chorosa estava semivestida com uma espécie de túnica feita de folhas costuradas. Era mesmo uma menininha, que tinha a cor de uma planta selvagem. Bûchette imaginava que seus pés estavam enraizados na terra, mas ela os mexia com muita agilidade.

Bûchette acariciou-lhe os cabelos e a pegou pela mão. Ela se deixou levar, sempre chorosa. Parecia que não sabia falar.

— Minha nossa! Meu Deus, uma diabinha verde — gritou o pai de Bûchette, quando a viu vindo.

— De onde vem você, pequena, por que você é verde? Não sabe responder?

Não se podia saber se a menina verde tinha escutado. "Talvez ela esteja com fome" — disse ele. — E lhe ofereceu o pão e a moringa. Ela virou o pão em suas mãos e jogou-o fora; sacudiu a moringa para escutar o barulho do vinho.

Bûchette implorou a seu pai que não deixasse a pobre criatura na floresta, durante a noite. As pilhas de carvão se acenderam uma a uma, no crepúsculo, e a menina verde olhava as fogueiras tremendo. Quando ela entrou na pequena casa, fugiu diante da luz. Não conseguiu se acostumar às chamas, e dava um grito, cada vez que se acendia uma vela.

Vendo-a, a mãe de Bûchette fez o sinal da cruz. "Deus me ajude", disse ela, "se for um demônio; mas não é uma cristã."

A menina verde não quis tocar nem no pão, nem no sal, nem no vinho, o que parecia demonstrar claramente que ela não podia ter sido batizada, nem apresentada à comunhão. O padre foi avisado, e ele cruzava a porta no momento em que Bûchette dava à criatura favas em vagem.

Ela pareceu bem contente, e logo começou a estourar a haste com suas unhas, pensando achar favas no interior. E, decepcionada, recomeçou a chorar até que Bûchette lhe tivesse aberto uma vagem. Então ela mastigou as favas olhando o padre.

Apesar de terem trazido o professor da escola, não conseguiram fazê-la entender uma palavra humana, nem pronunciar um som articulado. Ela chorava, ria, ou dava gritos.

O padre examinou-a muito cuidadosamente, mas não conseguiu descobrir em seu corpo nenhuma marca do demônio. No domingo seguinte, levaram-na à igreja, onde ela não manifestou sinais de inquietude, a não ser que gemeu quando foi molhada com água benta. Mas ela não recuou diante da imagem da cruz, e, passando sua mão sobre as santas chagas e os ferimentos de espinhos, pareceu aflita.

As pessoas do povoado tiveram muita curiosidade; alguns medo; e, apesar da opinião do padre, falou-se dela como a "diabinha verde".

Ela se alimentava somente de grãos e frutas; e todas as vezes que lhe davam espigas ou ramas, fendia a haste ou o galho, e chorava de desapontamento. Bûchette não conseguiu lhe ensinar em qual lugar se deviam procurar os grãos de trigo ou as cerejas, e sua decepção era sempre a mesma.

Por imitação ela logo aprendeu a trazer lenha, água, varrer, enxugar e até mesmo costurar, se bem que tocasse o tecido com certa repulsão. Mas nunca concordou em fazer fogo, ou mesmo se aproximar da lareira.

Nesse entretempo, Bûchette crescia, e seus pais quiseram enviá-la para trabalhar. Ela ficou triste, e à noite, sob os lençóis, soluçava baixinho. A menina verde olhava com pena sua pequena amiga. Ela fixava as pupilas de Bûchette, de manhã, e seus próprios olhos se enchiam de lágrimas. Depois, à noite, quando Bûchette chorou, ela sentiu uma mão suave que lhe acariciava os cabelos, uma boca fresca sobre sua face.

O tempo de Bûchette tornar-se uma criada se aproximava. Ela soluçava agora, quase tão lamentavelmente quanto a criatura verde, no dia em que a encontraram abandonada em frente à Cara-de-lobo.

E na última noite, quando o pai e a mãe de Bûchette adormeceram, a menina verde acariciou os cabelos da chorona e lhe tomou pela mão. Ela abriu a porta, e estendeu o braço dentro da noite. Como Bûchette a tinha conduzido antes para as casas dos homens, ela a levou pela mão para a liberdade desconhecida.

A FIEL

O amor de Jeanie tinha se tornado marinheiro e ela estava só, completamente só. Ela escreveu uma carta e a fechou com seu dedinho, e a jogou no rio, entre as longas plantas vermelhas. Assim ela iria até o oceano. Jeanie não sabia realmente escrever; mas seu amor devia entender, pois a carta era de amor. E ela esperou muito tempo a resposta, vinda do mar; e a resposta não veio. Não havia rio que corresse dele até Jeanie.

E um dia Jeanie partiu à procura de seu amor. Ela olhava as flores d'água e seus caules curvados; e todas as flores se inclinavam para ele. E Jeanie dizia caminhando: "No mar há um barco — no barco há um quarto — no quarto há uma gaiola — na gaiola há um pássaro — no pássaro há um coração — no coração há uma carta — na carta está escrito: Eu amo Jeanie. — Eu amo Jeanie está dentro da carta, a carta está dentro do coração, o coração está dentro do pássaro, o pássaro está dentro da gaiola, a gaiola está dentro do quarto, o quarto está dentro do barco, o barco está muito longe sobre o grande mar."

E como Jeanie não temia os homens, os moleiros poeirentos, vendo-a simples e dócil, anel de ouro no dedo, lhe ofereciam pão e lhe permitiam deitar entre os sacos de farinha, com um beijo branco.

Assim ela atravessou sua terra de rochedos ruivos, e a região das baixas florestas, e os campos planos que ladeiam os rios perto das cidades. Muitos dos que hospedavam Jeanie lhe davam beijos; mas ela não os dava jamais — pois os beijos infiéis que dão as amantes ficam marcados sobre suas faces com marcas de sangue.

Ela chegou à cidade marítima onde seu amor havia embarcado. No porto, ela procurou o nome de seu navio, mas não pôde achá-lo, pois o navio havia sido enviado ao mar da América, pensou Jeanie.

Ruas negras oblíquas desciam aos cais das alturas da cidade. Algumas eram calçadas, com uma valeta no meio; outras eram apenas estreitas escadarias feitas de pedras antigas.

Jeanie avistou casas pintadas de amarelo e azul com cabeças de negras e imagens de pássaros de bico vermelho. À noite, grandes lanternas se balançaram frente às portas. Via-se entrarem homens que pareciam bêbados.

Jeanie pensou que eram hospedagens de marinheiros voltando do país de mulheres negras e pássaros coloridos. E ela sentiu um grande desejo de esperar seu amor em uma hospedagem assim, que tinha talvez o odor do longínquo oceano.

Erguendo a cabeça, ela viu faces brancas de mulheres, apoiadas nas janelas gradeadas, onde elas se refrescavam um pouco. Jeanie empurrou uma dupla porta, e se encontrou em uma sala ladrilhada, entre mulheres seminuas, com robes rosas. No fundo da sombra quente um papagaio movia lentamente suas pálpebras. Havia ainda um pouco de espuma dentro de três grandes copos estreitos, sobre a mesa.

Quatro mulheres rodearam Jeanie rindo, e ela percebeu outra vestida de tecido escuro, que costurava em uma pequena saleta.

— Ela é do campo — disse uma das mulheres.

— Chut! — disse outra. — Não é para dizer nada.

E todas juntas lhe gritaram:

— Você quer beber, gracinha?

Jeanie deixou-se abraçar, e bebeu em um dos copos estreitos. Uma mulher gorda viu o anel.

Todas juntas retomaram:

— Você é casada, gracinha?

Jeanie enrubesceu, pois ela não sabia se era realmente casada, nem como devia responder.

— Eu as conheço, essas noivas — disse uma mulher. — Eu também, quando era pequena, quando tinha sete anos, não tinha roupa de baixo. Fui completamente nua no bosque para construir minha igreja, e todos os passarinhos me ajudavam a trabalhar! Tinha o abutre que arrancava a pedra, e o pombo, com seu grande bico, para talhá-la, e o tentilhão para tocar órgão. *Voilà* minha igreja de núpcias e minha missa.

— Mas esta gracinha tem sua aliança, não é? — disse a mulher gorda.

E todas juntas gritaram:

— Verdade, uma aliança?

Então elas abraçaram Jeanie uma após a outra, e a acariciaram, e fizeram-na beber, e conseguiram fazer sorrir a mulher que costurava na pequena saleta.

Neste meio tempo um violino tocava frente à porta e Jeanie adormeceu. Duas mulheres a levaram suavemente para uma cama, em um quartinho, por uma pequena escada.

Depois todas juntas disseram:

— Precisamos lhe dar alguma coisa. Mas, o quê?

O papagaio acordou e tagarelou.

— Eu vou lhes dizer — explicou a gorda.

E ela falou longamente em voz baixa. Uma das mulheres enxugou os olhos.

— É verdade — disse ela —, nós não tivemos isso, vai nos trazer sorte.

— Não é? Ela por nós quatro — disse outra.

— Vamos pedir permissão à Madame — disse a gorda.

E no dia seguinte, quando Jeanie se foi, ela tinha em cada dedo de sua mão esquerda uma aliança. Seu amor estava bem longe; mas ela bateria em seu coração, para entrar, com seus cinco anéis de ouro.

A PREDESTINADA

Tão logo se tornou alta o suficiente, Ilsée criou o costume de ir todas as manhãs diante do espelho e dizer: "Bom dia minha pequena Ilsée." Depois ela beijava o vidro frio e franzia os lábios. A imagem somente parecia vir. Ela estava muito longe, na realidade. A outra Ilsée, mais pálida, que se levantava das profundezas do espelho, era uma prisioneira de boca gelada. Ilsée tinha pena dela, pois ela parecia triste e cruel. Seu sorriso matinal era uma aurora descorada ainda tingida do horror noturno.

No entanto Ilsée gostava dela e lhe falava: "Ninguém lhe diz bom dia, pobre pequena Ilsée. Beije-me, isso. Nós vamos passear hoje, Ilsée. Meu amor virá nos buscar. Vem." Ilsée se virava e a outra Ilsée, melancólica, se escondia na sombra luminosa.

Ilsée lhe mostrava suas bonecas e seus vestidos. "Brinque comigo. Vista-se comigo." A outra Ilsée, invejosa, mostrava também a Ilsée bonecas mais brancas e vestidos descoloridos. Ela não falava, e tudo o que fazia era mexer os lábios ao mesmo tempo que Ilsée.

Algumas vezes Ilsée se irritava, como uma criança, contra a dama muda, que se irritava por sua vez. "Malvada, malvada Ilsée! Gritava ela. Quer me responder, quer me beijar!" Ela batia no espelho com a mão. Uma mão estranha, que não pertencia a nenhum corpo, aparecia na frente da sua. Nunca Ilsée pôde atingir a outra Ilsée.

Ela lhe perdoava durante a noite; e, feliz por reencontrá-la, saltava de sua cama para beijá-la, murmurando: "Bom dia, minha pequena Ilsée."

Quando Ilsée teve um noivo de verdade, ela o levou diante do espelho e disse à outra Ilsée: "Olhe meu amor, e não o olhe muito. Ele é meu, mas eu quero mostrá-lo a você. Depois que nós estivermos casados, eu lhe permitirei te beijar junto comigo, todas as manhãs." O noivo começou a rir. Ilsée, dentro do espelho sorriu também. "Não é verdade que ele é lindo e eu o amo?", disse Ilsée,"Sim, sim", repondeu a outra Ilsée. "Se você olhá-lo muito, eu não te beijarei mais", disse Ilsée. Eu sou tão ciumenta quanto você, vá. Até logo, minha pequena Ilsée."

À medida que Ilsée aprendia sobre o amor, Ilsée dentro do espelho tornou-se mais triste. Pois sua amiga não vinha mais beijá-la de manhã. Ela a tinha esquecido. Antes era a imagem de seu noivo que corria, depois da noite, para o despertar de Ilsée. Durante o dia, Ilsée não via mais a dama do espelho, enquanto seu noivo a olhava. "Oh! Dizia Ilsée, você não pensa mais em mim, malvado. É a outra que você olha. Ela é prisioneira;

ela não virá nunca. Ela tem ciúme de você, mas eu sou mais ciumenta que ela. Não a olhe, meu amado; olhe para mim. Malvada Ilsée do espelho, eu proíbo você de responder a meu noivo. Você não pode vir; você nunca poderá vir. Não o tome de mim, malvada Ilsée. Depois que nós estivermos casados, eu lhe permitirei te beijar junto comigo. Ria, Ilsée. Você ficará conosco."

Ilsée ficou com ciúme da outra Ilsée. Se o dia acabasse sem que o amado viesse: "você o espanta, você o espanta", gritava Ilsée, com sua triste aparência. "Malvada, vá embora, deixe-nos."

E Ilsée escondeu seu espelho sob um tecido branco e fino. Ela ergueu uma parte a fim de enfiar o último pequeno prego. "Adeus, Ilsée", disse ela.

No entanto seu noivo continuava parecendo cansado. "Ele não me ama mais, pensou Ilsée; ele não vem mais, eu fico sozinha, sozinha. Onde está a outra Ilsée? Será que partiu com ele?" Com suas pequenas tesouras de ouro, ela cortou um pouco a tela, para olhar. O espelho estava coberto de uma bruma branca.

"Ela partiu", pensou Ilsée.

— É preciso — disse Ilsée a si mesma — ser muito paciente. A outra Ilsée será ciumenta e triste. Meu amado voltará. Eu saberei esperá-lo.

Todas as manhãs, sobre o travesseiro, perto de seu rosto, parecia-lhe que o via, em seu semisono: "Oh! Meu amado", murmurava ela, "então você voltou? Bom dia, bom dia, meu pequeno amado." Ela estendia a mão e tocava o lençol frio.

— É preciso — disse mais uma vez Ilsée — ser muito paciente.

Ilsée esperou muito tempo por seu noivo. Sua paciência se derreteu em lágrimas. Uma bruma úmida cobria seus olhos. Linhas molhadas percorriam suas faces. Toda sua aparência murchava. Cada dia, cada mês, cada ano a abatia com um dedo mais pesado.

— Oh! Meu amado — disse Ilsée —, eu duvido de você.

Ela cortou o tecido branco no interior do espelho, e, na moldura pálida, apareceu o vidro, cheio de manchas obscuras. O espelho estava marcado por rugas claras e, lá onde o metal tinha se separado do vidro, viam-se lagos de sombra.

A outra Ilsée veio do fundo do espelho, vestida de negro, como Ilsée, o rosto cavado, marcado pelos sinais estranhos do vidro que não reflete em meio ao vidro que reflete. E o espelho parecia que tinha chorado.

— Você está triste como eu — disse Ilsée.

A dama do espelho chorou. Ilsée beijou-a e disse: "Boa noite, minha pobre Ilsée."

E, entrando em seu quarto, com sua lamparina na mão, Ilsée ficou surpresa pois a outra Ilsée, uma lamparina na mão, avançava em sua direção, o olhar triste. Ilsée suspendeu sua lamparina acima de sua cabeça e sentou-se na sua cama. E a outra Ilsée suspendeu sua lamparina acima de sua cabeça e sentou-se perto dela.

"Eu compreendo", pensou Ilsée. "A dama do espelho se libertou. Ela veio me buscar. Eu vou morrer."

A SONHADORA

Depois da morte de seus pais, Marjolaine ficou na sua pequena casa com sua velha babá. Eles lhe haviam deixado um teto de palha escura e a cornija da grande lareira. Pois o pai de Marjolaine tinha sido contador e construtor de sonhos. Algum amigo de suas belas ideias lhe emprestara sua terra para construir, um pouco de dinheiro para sonhar. Ele tinha durante muito tempo misturado diversas espécies de argila com limalhas de metais, a fim de cozer um sublime esmalte. Ele tinha tentado fundir e dourar estranhos cristais. Ele tinha amassado núcleos de pasta dura perfurados com "lanternas", e o bronze frio se irisava como a superfície dos pântanos. Mas dele só restavam dois ou três fornos escurecidos, placas gastas de bronze deformadas por escórias, e sete grandes cântaros descorados sobre a lareira. E da mãe de Marjolaine, uma moça devota do campo, não restava nada: pois ela tinha vendido para "o argileiro" até mesmo seu rosário de prata.

Marjolaine cresceu perto de seu pai, que vestia um avental verde, cujas mãos estavam sempre terrosas e as pupilas injetadas de fogo. Ela admirava os sete cântaros da lareira, curados de fumaça, cheios de mistério, semelhantes a um arco-íris oco e ondulado. Morgiane teria feito sair do cântaro cor de sangue um salteador untado de óleo, com um sabre coberto por flores de Damasco. No cântaro alaranjado, podia-se, como Aladim, encontrar frutas de rubi, ameixas de ametistas, cerejas de granada, marmelos de topázio, cachos de opala, e bagas de diamantes. O cântaro amarelo estava cheio de pó de ouro que Camaralzaman tinha escondido sob as azeitonas. Via-se um pouco uma das azeitonas sob a tampa, e a borda do vaso era brilhosa. O cântaro verde devia ser fechado por um grande selo de cobre, marcado pelo rei Salomão. O tempo tinha pintado ali uma camada de azinhavre; pois este cântaro havia habitado em outros tempos o oceano, e há vários milhares de anos ele continha um gênio, que era príncipe. Uma moça muito jovem saberia quebrar o encantamento na lua cheia, com a permissão do rei Salomão, que deu voz às mandrágoras. No cântaro azul claro, Giauharé tinha guardado todos os seus vestidos marinhos, tecidos com algas, incrustados de águas-marinhas e manchados com a púrpura das conchas. Todo o céu do Paraíso terrestre, e os frutos ricos da árvore, e as escamas incandescentes da serpente, e o sabre ardente do anjo foram trancados pelo cântaro azul escuro, igual à enorme cúpula azulada de uma flor austral. E a misteriosa Lilith tinha derramado todo o céu do Paraíso celeste dentro do último cântaro: pois ele se erguia, violeta e rígido como a pênula do bispo.

Aqueles que ignoravam essas coisas viam somente sete velhos cântaros descorados, sobre a cornija inflada da lareira. Mas Marjolaine sabia a verdade, pelos contos de seu pai. Ao fogo do inverno, entre a sombra mutante das chamas da madeira e da vela, ela seguia com os olhos, até a hora em que ia dormir, o murmurinho das maravilhas.

Entretanto a caixa do pão estando vazia, com a caixa de sal, a babá implorava à Marjolaine. "Case", dizia ela, "minha florzinha amada: sua mãe pensava em Jean; você não quer casar com Jean? Minha Jolaine, minha Jolaine, que bonita noiva você dará!"

— A noiva da Marjolaine[1] teve cavaleiros — disse a sonhadora. — Eu terei um príncipe.

— Princesa Marjolaine — disse a babá —, case com Jean, você o fará príncipe.

— Não, babá — disse a sonhadora —; prefiro fiar. Espero meus apaixonados e meus vestidos de um gênio mais bonito. Compre cânhamo e rocas e um fuso polido. Logo teremos nosso palácio. Ele está no momento em um deserto negro da África. Um mago o habita, coberto de sangue e de venenos. Ele derrama no vinho dos viajantes um pó castanho que os transforma em bestas peludas. O palácio é iluminado por tochas vivas, e os negros que servem nas refeições têm coroas de ouro. Meu príncipe matará o mago, e o palácio virá ao nosso campo, e você embalará meu filho.

— Ó Marjolaine, case com Jean! — disse a velha babá.

Marjolaine sentou-se e fiou. Pacientemente ela virou o fuso, torceu o cânhamo, e o distorceu. As rocas afinavam e inflavam. Perto dela Jean veio sentar-se e a admirou. Mas ela não prestava atenção. Pois os sete cântaros da grande lareira estavam cheios de sonhos. Durante o dia ela acreditava escutá-los gemer ou cantar. Quando ela parava de fiar, a roca não fremia mais pelos cântaros, e o fuso cessava de lhes emprestar seus murmúrios.

[1]Canção tradicional francesa, anônima, do século XVI, na qual um cavaleiro pede uma moça em casamento.

— Ô Marjolaine, case com Jean — dizia-lhe a velha babá todas as noites.

Mas no meio da noite a sonhadora se levantava. Como Morgiane, ela jogava grãos de areia contra os cântaros, para despertar os mistérios. E no entanto o salteador continuava a dormir; as frutas preciosas não tilintavam, ela não ouvia escorrer o pó de ouro, nem farfalhar o tecido dos vestidos, e o selo de Salomão pressionava pesadamente o príncipe trancado.

Marjolaine jogava um a um os grãos de areia. Sete vezes eles repicavam contra a terra dura dos cântaros; sete vezes o silêncio recomeçava.

— Ô Marjolaine, case com Jean — dizia-lhe a velha babá todas as manhãs.

Então Marjolaine franziu as sobrancelhas quando ela via Jean, e Jean não veio mais. E a velha babá foi encontrada morta, uma madrugada, bem sorridente. E Marjolaine colocou um vestido preto, um chapéu escuro, e continuou a fiar.

Todas as noites ela se levantava, e, como Morgiane, jogava grãos de areia contra os cântaros para despertar os mistérios. E os sonhos continuavam dormindo.

Marjolaine ficou velha em sua paciência. Mas o príncipe aprisionado sob o selo do rei Salomão era ainda jovem, sem dúvida, tendo vivido milhares de anos. Uma noite de lua cheia, a sonhadora se levantou como uma assassina, e pegou um martelo. Ela quebrou furiosamente seis cântaros, e o suor de angústia escorria de sua testa. Os vasos estalaram e se abriram: eles estavam vazios. Ela hesitou diante do sétimo cântaro onde Lilith tinha derramado o Paraíso violeta; depois ela o assassinou como os outros. Entre os restos rolou uma rosa seca e cinza de Jericó.[2] Quando Marjolaine quis fazê-la florescer, ela se desmanchou em poeira.

A AGRACIADA

Cice dobrou as pernas em sua pequena cama e esticou a orelha contra a parede. A janela estava pálida. A parede vibrava e parecia dormir com uma respiração abafada. O pequeno saiote branco estava armado sobre a cadeira, de onde duas meias pendiam como pernas negras moles e vazias. Um vestido marcava misteriosamente a parede como se tivesse querido subir até o teto. As tábuas do assoalho gritavam debilmente à noite. A jarra de água parecia um sapo branco, agachado na bacia e inspirando a sombra.

— Eu sou muito infeliz — disse Cice. E ela se pôs a chorar sob o lençol. A parede suspirou mais forte; mas as duas pernas negras permaneceram inertes, e o vestido não continuou a subir, e o sapo branco agachado não fechou sua boca úmida.

Cice disse ainda:

— Já que todo mundo me despreza, já que gostam somente de minhas irmãs aqui, já que deixaram que eu viesse me deitar durante o jantar, eu vou embora, sim, vou embora para muito longe. Eu sou uma Cinderela,

[2]A rosa-de-jericó (*Selaginella lepidophylla*), também conhecida como flor-da-ressurreição, é originária dos desertos do Oriente Médio e da América Central. Na falta de água, ela se enrola sobre si mesma, em estado de dormência, soltando suas raízes da terra, e, levada pelo vento, volta a florescer quando em contato com a água.

é o que sou. Eu mostrarei a eles. Terei um príncipe, eu; e elas não terão ninguém, absolutamente ninguém. E virei em minha bela carruagem, com meu príncipe; é o que farei. Se elas forem boas, nesse tempo, eu as perdoarei. Pobre Cinderela, vocês vão ver que ela é melhor que vocês, mesmo.

Seu pequeno coração pesou ainda, enquanto ela colocava suas meias e fechava seu saiote. A cadeira vazia ficou no meio do quarto, abandonada.

Cice desceu silenciosamente até a cozinha, e chorou de novo, ajoelhada diante do fogão, as mãos mergulhadas nas cinzas.

O barulho regular de uma roca a fez voltar-se. Um corpo morno e peludo roçou suas pernas.

— Eu não tenho madrinha — disse Cice —, mas eu tenho meu gato. Não?

Ela estendeu seus dedos, e ele os lambeu lentamente, como com uma lixa quente.

— Venha — disse Cice.

Ela empurrou a porta do jardim, e houve um grande sopro de ar fresco. Uma mancha sombriamente esverdeada marcava a grama; o grande sicômoro fremia, e as estrelas pareciam suspensas entre os galhos. O pomar estava claro, para além das árvores, e os sinos de melão[3] brilhavam.

Cice passou rente a duas moitas de ervas longas, que lhe fizeram cócegas ligeiramente. Ela correu entre os sinos onde adejavam breves lampejos.

[3]Espécie de protetores, em vidro, para frutas e hortaliças.

— Eu não tenho madrinha: você sabe fazer uma carruagem, gato? — disse ela.

O bichinho bocejou para o céu onde nuvens cinza se retiravam.

— Eu ainda não tenho príncipe — disse Cice. — Quando ele virá?

Sentada perto de um grande cardo violeta, ela olhou a sebe do pomar. Depois tirou uma de suas pantufas, e jogou-a com toda força por cima das groselheiras. A pantufa caiu no meio da estrada.

Cice acariciou o gato e disse:

— Escute, gato. Se o príncipe não me trouxer minha pantufa, eu lhe comprarei botas e nós viajaremos para encontrá-lo. É um lindo moço. Ele se veste de verde, com diamantes. Ele me ama muito, mas nunca me viu. Você não vai ficar com ciúme. Nós ficaremos juntos, todos os três. Eu serei mais feliz que Cinderela, porque eu fui mais infeliz. Cinderela ia ao baile todas as noites, e lhe davam vestidos muito ricos. Eu, só tenho você, meu gatinho querido.

Ela beijou seu focinho de marroquim molhado. O gato deu um miado fraco e passou uma pata sobre a orelha. Depois se lambeu e ronronou.

Cice colheu groselhas verdes.

— Uma para mim, uma para meu príncipe, uma para você. Uma para meu príncipe, uma para você, uma para mim. Uma para você, uma para mim, uma para meu príncipe. Assim nós viveremos. Dividiremos tudo entre nós três, e não teremos irmãs malvadas.

As nuvens cinza tinham se juntado no céu. Uma faixa pálida se elevava no Oriente. As árvores se banhavam em uma penumbra lívida. De repente uma lufada de vento gelado sacudiu o saiote de Cice. As coisas tremeram. O cardo violeta se inclinou duas ou três vezes. O gato ergueu as costas e eriçou todos os seus pelos.

Cice escutou ao longe na estrada um rumor rangente de rodas.

Uma luz fraca correu sobre os cimos balançantes das árvores e ao longo do teto da pequena casa.

Depois o ruído se aproximou. Houve relinchos de cavalos, e um murmúrio confuso de vozes de homens.

— Escute, gato — disse Cice. — Escute. É uma grande carruagem que chega. É a carruagem do meu príncipe. Rápido, rápido: ele vai me chamar.

Uma pantufa de couro castanho dourado voou sobre as groselheiras, e caiu no meio dos sinos.

Cice correu para o portão de vime e o abriu.

Uma carruagem longa e obscura avançava pesadamente. O bicorne do cocheiro estava iluminado por um raio vermelho. Dois homens negros caminhavam de cada lado dos cavalos. A traseira da carruagem era baixa e oblonga como um caixão. Um odor enjoado flutuava na brisa da aurora.

Mas Cice não compreendeu nada disso. Ela só via uma coisa: a carruagem maravilhosa estava ali. O cocheiro do príncipe estava com um chapéu dourado. O cofre pesado estava cheio de joias de casamento. Este perfume terrível e soberano o cercava de realeza.

E Cice estendeu o braço gritando:

— Príncipe, leve-me, leve-me!

A INSENSÍVEL

A princesa Morgane não gostava de ninguém. Ela tinha uma candura fria, e vivia entre as flores e os espelhos. Ela colocava rosas vermelhas em seus cabelos e se olhava. Ela não via nenhuma jovem e nenhum jovem porque se mirava em seus olhares. E a crueldade ou a voluptuosidade eram-lhe desconhecidas. Seus cabelos negros desciam em volta de seu rosto como ondas lentas. Ela desejava amar-se ela mesma: mas a imagem dos espelhos tinha uma frigidez calma e longínqua, e a imagem dos lagos era tediosa e pálida, e a imagem dos rios fugia em agitação.

A princesa Morgane tinha lido nos livros a história do espelho de Branca de Neve que sabia falar e lhe anunciou seu estrangulamento, e o conto do espelho de Ilsée, de onde saiu outra Ilsée que matou Ilsée, e a história do espelho noturno da cidade de Mileto que fazia estrangularem-se as milesianas na noite que se levanta. Ela tinha visto a pintura misteriosa na qual o noivo estendeu um sabre diante de sua noiva, porque encontraram eles mesmos na bruma da noite: pois os duplos ameaçam a morte. Mas ela não temia sua imagem, pois nunca havia se encontrado, a não ser cândida e velada, não cruel ou voluptuosa, ela mesma por ela mesma. E as lâminas polidas de ouro verde, as pesadas camadas de mercúrio não mostravam Morgane a Morgane.

Os padres de seu país eram geomantes e adoradores do fogo. Eles dispuseram a areia dentro da caixa quadrada, e ali traçaram as linhas; calcularam com seus talismãs de pergaminho, fizeram o espelho negro com água misturada com fumaça. E à noite Morgane veio até eles, e jogou no fogo três bolos de oferenda. "Eis aqui", disse o geomante; e ele mostrou o espelho negro líquido. Morgane olhou e primeiro um vapor claro vagueou pela superfície, depois um círculo colorido borbulhou, depois uma imagem se elevou e correu ligeiramente. Era uma casa branca cúbica com longas janelas; e sob a terceira janela pendia um grande anel de bronze. E ao redor da casa reinava a areia cinza. "Este é o lugar", disse o geomante, "onde se encontra o verdadeiro espelho; mas nossa ciência não pode fixá-lo nem explicá-lo."

Morgane se inclinou e jogou no fogo três novos bolos de oferenda. Mas a imagem vacilou, e se obscureceu; a casa branca desapareceu e Morgane olhou em vão o espelho negro.

E, no dia seguinte, Morgane desejou fazer uma viagem. Pois lhe parecia ter reconhecido a cor melancólica da areia e ela se dirigiu para o Ocidente. Seu pai lhe deu uma caravana especial, com mulas com sinetas de prata, e carregavam-na em uma liteira cujas paredes eram espelhos preciosos.

Assim ela atravessou a Pérsia, e examinou as hospedagens isoladas, tanto aquelas construídas perto dos poços e onde passam as tropas de viajantes quanto as casas de má reputação onde as mulheres cantam de noite e agitam peças de metal.

E perto dos confins do reino da Pérsia ela viu muitas casas brancas, cúbicas, com longas janelas; mas o anel de bronze não estava ali pendurado. E disseram-lhe que o anel estaria no país cristão da Síria, no Ocidente.

Morgane passou as margens planas do rio que avizinha a terra das planícies úmidas, onde crescem florestas de alcaçuz. Havia castelos cavados em uma só pedra estreita, que era postada sobre a ponta extrema; e as mulheres sentadas ao sol na passagem da caravana tinham tranças de crina ruiva em torno da testa. E lá vivem os que conduzem tropéis de cavalos, e portam lanças com ponta de prata.

E mais longe há uma montanha selvagem habitada por ladrões que bebem aguardente de trigo em honra de suas divindades. Eles adoram pedras verdes de forma estranha, e se prostituem uns aos outros entre círculos de arbustos inflamados. Morgane teve horror deles.

E mais longe há uma cidade subterrânea de homens negros que são visitados por seus deuses apenas durante seu sono. Eles comem fibras de cânhamo, e cobrem o rosto com o pó de cal. E os que se inebriam com o cânhamo durante a noite cortam o pescoço dos que dormem, a fim de enviá-los para as divindades noturnas. Morgane teve horror deles.

E mais longe se estende o deserto de areia cinza, onde as plantas e as pedras são iguais à areia. E na entrada desse deserto Morgane encontrou a hospedagem do anel.

Ela mandou parar a liteira, e os almocreves descarregaram as mulas. Era uma casa antiga, construída sem a ajuda do cimento; e os blocos de pedra estavam desbotados pelo sol. Mas o patrão da hospedagem não pôde lhe falar do espelho: pois ele não o conhecia.

E à noite, depois de terem comido bolos delgados, o patrão disse a Morgane que a casa do anel tinha sido em tempos antigos a morada de uma rainha cruel. E ela foi punida por sua crueldade. Pois tinha ordenado cortar a cabeça de um homem religioso que vivia solitário em meio à extensão de areia e que banhava os viajantes com boas palavras na água do rio. E logo depois esta rainha morreu, com toda sua raça. E o quarto da rainha foi murado dentro de sua casa. O patrão da hospedagem mostrou a Morgane a porta fechada por pedras.

Depois os viajantes da hospedagem se deitaram nas salas quadradas e sob o alpendre. Mas no meio da noite Morgane acordou seus almocreves e mandou derrubar a porta murada. E ela entrou pela brecha empoeirada, com uma tocha de ferro.

E os criados de Morgane escutaram um grito, e seguiram a princesa. Ela estava ajoelhada no meio do quarto murado, diante de um prato de cobre batido cheio de sangue, e ela o olhava ardentemente. E o patrão do hotel levantou os braços: pois o sangue da bacia não tinha secado dentro do quarto fechado desde que a rainha cruel tinha colocado ali uma cabeça cortada.

Ninguém sabe o que a princesa Morgane viu no espelho de sangue. Mas na estrada de volta seus almocreves foram encontrados assassinados, um a um, cada noite, o rosto cinza voltado para o céu, depois de terem entrado na liteira. E chamaram esta princesa Morgane a Vermelha, e ela foi uma famosa prostituta e uma terrível estranguladora de homens.

A SACRIFICADA

Lilly e Nan eram criadas de fazenda. Elas traziam a água do poço, no verão, pelo caminho mal aberto em meio ao trigo maduro; e no inverno, quando faz frio, e que os pingos congelados penduram-se nas janelas, Lilly vinha dormir com Nan. Enroscadas sob as cobertas, elas escutavam o vento assoviar. Elas tinham sempre moedas de prata brancas em seus bolsos, e toucas finas de fitas cereja; loiras igualmente, e brincalhonas. Todas as noites elas colocavam no canto do fogão uma tina de boa água fresca; onde também encontravam, dizia-se, ao pular da cama, as moedas de prata que elas faziam soar entre seus dedos. Pois os "pixies" as jogavam na tina depois de nela terem se banhado. Mas nem Nan, nem Lilly, nem ninguém, tinha visto os "pixies", exceto que, nos contos e baladas, eles são umas coisinhas negras malvadas com rabos rodopiantes.

Uma noite, Nan se esqueceu de tirar a água; ainda mais que se estava em dezembro, e que a corrente enferrujada do poço estava coberta de gelo. Enquanto dormia, as mãos sobre os ombros de Lilly, de repente ela foi beliscada nos braços e nas panturrilhas, e os cabelos de sua nuca foram cruelmente puxados. Ela acordou chorando: "Amanhã eu estarei escura e roxa!" E ela disse a Lilly: "Abrace-me, abrace-me: eu não coloquei a tina de boa água fresca; mas não vou sair da minha cama, apesar de todos os 'pixies' do Devonshire." Então a boa pequena Lilly a beijou, levantou-se, tirou a água, e colocou a tina no canto do fogão. Quando ela se deitou de novo, Nan estava adormecida.

E em seu sono a pequena Lilly teve um sonho. Pareceu-lhe que uma rainha, vestida com folhas verdes, com uma coroa de ouro sobre a cabeça, aproximava-se de sua cama, tocava-a e lhe falava. Ela dizia: "Eu sou a rainha Mandosiane; Lilly, venha me procurar." E ela dizia ainda: "Eu estou sentada em uma pradaria de esmeraldas, e o caminho que leva até mim é de três cores, amarelo, azul e verde." E ela dizia: "Eu sou a rainha Mandosiane; Lilly, venha me procurar."

Então Lilly enfiou sua cabeça no travesseiro escuro da noite e não viu mais nada. Ora, de manhã, enquanto o galo cantava, foi impossível para Nan se levantar e ela soltava gemidos agudos, pois suas pernas estavam insensíveis e ela não sabia mexê-las. Durante o dia, os médicos a viram e em conjunto decidiram que ela ficaria sem dúvida deitada assim sem nunca mais andar. E a pobre Nan soluçava: pois ela nunca conseguiria um marido.

Lilly ficou com muita pena. Descascando as maçãs de inverno, guardando as nêsperas, batendo a manteiga, enxugando o soro de suas mãos avermelhadas, ela imaginava sem cessar que se poderia curar a pobre Nan. E ela tinha esquecido o sonho, quando uma noite em que a neve caía espessa e que se bebia cerveja quente com torradas, um velho vendedor de baladas bateu à porta. Todas as criadas saltaram em torno dele, pois ele tinha luvas, canções de amor, fitas, tecidos da Holanda, jarreteiras, alfinetes e toucas douradas.

— Vejam a triste história — disse ele —, da mulher do usurário, durante doze meses grávida de vinte sacos de escudos, também tomada pela vontade bem singular de comer cabeças de víboras em fricassé e sapos grelhados.

"Vejam a balada do grande peixe que veio até a costa no décimo-quarto dia de abril, saiu da água mais de quarenta braças, e vomitou cinco tonéis de alianças de noivas totalmente esverdeadas pelo mar."

"Vejam a canção das três malvadas filhas do rei e daquela que derramou um copo de sangue sobre a barba de seu pai."

"E eu tinha também as aventuras da rainha Mandosiane; mas uma rajada atrevida de repente me tirou a última folha das mãos na curva da estrada."

Imediatamente Lilly reconheceu seu sonho, e soube que a rainha Mandosiane ordenava que partisse.

E na mesma noite, Lilly beijou suavemente Nan, colocou seus sapatos novos e se foi sozinha pelas estradas. Ora, o velho vendedor de baladas tinha desaparecido, e sua folha tinha voado tão longe que Lilly não pôde encontrá-la; de maneira que ela não sabia nem o que era a rainha Mandosiane, nem onde devia procurá-la.

E ninguém pôde lhe responder, apesar dela ter perguntado em seu caminho aos velhos trabalhadores que a olharam ainda de longe, protegendo os olhos com a mão, e às jovens mulheres grávidas que conversavam indolentemente frente a suas portas, e às crianças que mal começavam a falar, para as quais ela abaixava os galhos das amoreiras pelas sebes. Uns diziam: "Não há mais rainhas"; os outros: "Nós não temos isso por aqui; é dos velhos tempos"; os outros: "É o nome de um belo menino?" E outros malvados conduziram Lilly diante de uma dessas casas das cidades que são fechadas de dia, e que, à noite, se abrem e se iluminam, dizendo e afirmando que a rainha Mandosiane ali residia, vestida com uma camisola vermelha e servida por mulheres nuas.

Mas Lilly bem sabia que a verdadeira rainha Mandosiane estava vestida de verde, não de vermelho, e que ela precisaria passar por um caminho de três cores. Assim ela reconheceu a mentira dos malvados. No entanto, ela caminhou por muito tempo. De fato, ela passou o verão de sua vida, trotando pela poeira branca, patinando pela espessa lama dos caminhos, acompanhada pelas carroças dos cocheiros, e, às vezes, à noite, quando o céu tinha uma esplêndida nuance vermelha, seguida pelas grandes carroças onde feixes se amontoavam e onde algumas foices brilhantes se balançavam. Mas ninguém pôde lhe falar da rainha Mandosiane.

Para não esquecer um nome tão difícil, ela tinha feito três nós na sua jarreteira. Um meio-dia, tendo ido longe na direção do sol nascente, ela entrou em uma estrada amarela sinuosa, que orlava um canal azul. E o canal se curvava com a estrada e entre os dois um talude verde seguia seus contornos. Moitas de arbustos cresciam de um lado e de outro; e tão longe quanto o olho podia alcançar, via-se somente o brejo e a sombra verdejante. Entre as manchas dos pântanos se elevavam pequenas choupanas cônicas e a longa estrada mergulhava diretamente nas nuvens cor de sangue do céu.

Ali ela encontrou um menininho, cujos olhos eram extremamente amendoados, e que arrastava ao longo do canal uma pesada barca. Ela quis lhe perguntar se ele tinha visto a rainha, mas se deu conta com terror que tinha esquecido o nome. Então ela exclamou, e chorou, e tocou sua jarreteira, em vão. E ela exclamou mais forte, vendo que andava na estrada de três cores, feita de poeira amarela, de um canal azul, e de um talude verde. De novo, ela tocou os três nós que havia feito, e soluçou. E o menininho, achando que ela sofria e não compreendendo sua dor, colheu na beira da estrada amarela uma pobre erva, que ele lhe colocou na mão.

— A mandosiane cura — disse ele.

Eis como Lilly encontrou sua rainha vestida de folhas verdes.

Ela a apertou preciosamente, e retornou logo para a grande estrada. E a viagem de volta foi mais lenta que a outra, pois Lilly estava cansada. Pareceu-lhe que caminhava há anos. Mas estava contente, sabendo que curaria a pobre Nan.

Ela atravessou o mar, onde as ondas eram monstruosas. Enfim, ela chegou na Devon, mantendo a erva entre sua combinação e sua camisola. E primeiro ela não reconheceu as árvores; e pareceu-lhe que todos os animais tinham mudado. E na grande sala da fazenda, ela viu uma velha mulher cercada de crianças. Correndo ela perguntou por Nan. A velha, surpresa, considerou Lilly e disse:

— Mas Nan partiu há muito tempo, e casada.

— E curada? — perguntou alegremente Lilly.

— Curada, sim, certamente — disse a velha. — E você, pobre, não é Lilly?

— Sim — disse Lilly. — Mas que idade posso então ter?

— Cinquenta anos, não é, vovó — gritaram as crianças —; ela não é tão velha quanto você.

E quando Lilly, cansada, sorria, o perfume muito forte da mandosiane a fez desmaiar, e ela morreu sob o sol. Assim Lilly foi procurar a rainha Mandosiane e foi levada por ela.

DE SEU APARECIMENTO

Eu não sei como cheguei através de uma chuva obscura até o estranho comércio que me apareceu na noite. Ignoro a cidade e ignoro o ano: lembro-me de que a estação era chuvosa, muito chuvosa.

É certo que nesse mesmo tempo os homens acharam pelas estradas pequenas crianças vagabundas que se recusavam a crescer. Menininhas de sete anos imploraram de joelhos para que sua idade permanecesse imóvel, e a puberdade já parecia mortal. Houve procissões esbranquiçadas sob o céu lívido, e pequenas sombras mal começando a falar exortaram o povo pueril. Nada desejavam senão uma ignorância perpetuada. Queriam dedicar-se a brincadeiras eternas. Desesperavam-se com o trabalho da vida. Tudo era somente passado para elas.

Nesses dias melancólicos, sob essa estação chuvosa, muito chuvosa, percebi as fracas luzes deslizantes da pequena vendedora de lamparinas.

Eu me aproximei sob o alpendre, e a chuva escorreu-me pela nuca enquanto inclinava a cabeça:

E lhe disse:

— O que vende então aí, pequena vendedora, nessa triste estação de chuva?

— Lamparinas — respondeu-me ela — somente lamparinas acesas.

— E, na verdade — disse-lhe eu —, o que são estas lamparinas acesas, do tamanho do dedinho, e que ardem com essa luz minúscula como uma cabeça de alfinete?

— São — disse ela —, as lamparinas dessa estação tenebrosa. E antes eram lamparinas de boneca. Mas as crianças não querem mais crescer. Por isso eu lhes vendo essas pequenas lamparinas que mal clareiam a chuva obscura.

— E você vive então assim — disse-lhe eu —, pequena vendedora vestida de preto, e você come com o dinheiro que lhe pagam as crianças por suas lamparinas?

— Sim — disse ela, simplesmente. — Mas eu ganho bem pouco. Pois a chuva sinistra apaga com frequência minhas lamparinas, no momento em que as estendo para entregá-las. E quando elas se apagam, as crianças não as querem mais. Ninguém consegue reacendê-las de novo. Tenho apenas estas aqui. Sei bem que não poderei encontrar outras. E quando forem vendidas, ficaremos na obscuridade da chuva.

— Então é a única luz — eu disse ainda — dessa triste estação; e como se poderia iluminar, com uma lamparina tão pequena, as trevas molhadas?

— A chuva as apaga com frequência — disse ela —, e nos campos ou pelas ruas elas não servem mais. Mas é preciso se trancar. As crianças abrigam minhas pequenas lamparinas com suas mãos e se trancam. Elas se trancam cada uma com sua lamparina e um espelho.

E ela é suficiente para lhes mostrar sua imagem no espelho.

Eu olhei por alguns instantes as pobres chamas vacilantes.

— Ai! — disse eu —, pequena vendedora, é uma triste luz, e as imagens dos espelhos devem ser tristes imagens.

— Elas não são tão tristes — disse a criança vestida de preto, sacudindo a cabeça —, desde que não cresçam. Mas as pequenas lamparinas que vendo não são eternas. Sua chama diminui, como se elas se afligissem com a chuva obscura. E quando minhas pequenas lamparinas se apagam, as crianças não veem mais o reflexo do espelho, e se desesperam. Pois temem não saber o instante em que vão crescer. Eis porque elas fogem gemendo na noite. Mas só me é permitido vender a cada criança uma só lamparina. Se elas tentam comprar uma segunda, ela se apaga em suas mãos.

E eu me inclinei um pouco mais em direção à pequena vendedora, e quis pegar uma de suas lamparinas.

— Oh! Não deve tocar nelas — disse ela. — Você passou da idade na qual minhas lamparinas queimam. Elas são feitas somente para as bonecas ou as crianças. Não tem em sua casa uma lamparina de gente grande?

— Ai de mim! — disse eu. — Nessa estação chuvosa de chuva obscura, nesse triste tempo ignorado, só restam suas lamparinas de criança a queimar. E eu gostaria, eu também, de olhar mais uma vez o reflexo do espelho.

— Venha — disse ela —, nós olharemos juntos.

Por uma pequena escada apodrecida, ela me

conduziu a um quarto de madeira simples onde havia o brilho de um espelho na parede.

— Chut — disse ela —, eu lhe mostrarei. Pois minha própria lamparina é mais clara e mais potente que as outras; e eu não sou tão pobre em meio a essas chuvosas trevas. E ela ergueu sua pequena lamparina em direção ao espelho.

Então houve um pálido reflexo onde eu vi circular histórias conhecidas. Mas a pequena lamparina mentia, mentia, mentia. Eu vi a pluma se levantar sobre os lábios de Cordélia; e ela sorria, e curava; e com seu velho pai ela vivia dentro de uma grande gaiola como um pássaro, e ela beijava sua barba branca. Eu vi Ofélia brincar sobre a água vítrea do lago, e pendurar no pescoço de Hamlet seus braços úmidos e guirlandados de violetas. Eu vi Desdêmona acordada errar sob os salgueiros. Eu vi a princesa Maleine tirar suas duas mãos dos olhos do velho rei, e rir, e dançar. Eu vi Mélisande, libertada, mirar-se na fonte.

E eu exclamava: pequena lamparina mentirosa...

— Chut! — disse a pequena vendedora de lamparinas, e colocou as mãos sobre meus lábios. — Não se deve dizer nada. A chuva não é suficientemente obscura?

Então eu baixei a cabeça e me fui para a noite chuvosa na cidade desconhecida.

DE SUA VIDA

Eu não sei onde Monelle me pegou pela mão. Mas acho que foi em uma noite de outono, quando a chuva é já fria.

— Venha brincar conosco — disse ela.

Monelle trazia em seu avental velhas bonecas e petecas cujas plumas estavam amassadas e as fitas desbotadas.

Seu rosto estava pálido e seus olhos riam.

— Venha brincar — disse ela. — Nós não trabalhamos mais, nós brincamos.

Havia vento e lama. Os paralelepípedos brilhavam. Ao longo dos alpendres de loja a água caía, gota a gota. Moças tremiam nas soleiras das mercearias. As velas acesas pareciam vermelhas.

Mas Monelle tirou de seu bolso um dado de chumbo, um pequeno sabre de estanho, uma bola de borracha.

— Tudo isso é para eles — disse ela. — Sou eu quem sai para comprar as provisões.

— E que casa você tem então, e qual trabalho, que dinheiro, pequena...

— Monelle — disse a menina me apertando a mão. — Eles me chamam Monelle. Nossa casa é uma casa onde se brinca: nós banimos o trabalho, e os trocados que ainda temos nos foram dados para comprar doces. Todos os dias vou procurar crianças nas ruas, e lhes falo de nossa casa, e as levo. E nos escondemos bem para que não nos achem. As pessoas grandes nos forçariam a voltar para casa e tomariam tudo o que temos. E nós queremos ficar juntos e brincar.

— E vocês brincam de quê, pequena Monelle?

— Brincamos de tudo. Os que são maiores fazem fuzis e pistolas; e os outros brincam de raquete, pulam corda, jogam bola; ou outros brincam de roda e se dão as mãos, ou outros desenham nas janelas as belas imagens que nunca se vê e sopram bolinhas de sabão; ou outros vestem suas bonecas e as levam para passear, e nós contamos os dedos dos mais pequeninos para fazêlos rir.

A casa onde Monelle me levou parecia ter janelas muradas. Ela era afastada da rua e toda sua luz vinha de um profundo jardim. E uma vez lá escutei vozes contentes.

Três crianças vieram pular à nossa volta.

— Monelle, Monelle! — gritavam elas — Monelle voltou!

Elas me olharam e murmuraram:

— Como ele é grande! Ele vai brincar, Monelle?

E a menina lhes disse:

— Logo as pessoas grandes virão com a gente. Elas irão ao encontro das criancinhas. Elas aprenderão a brincar. Nós lhes daremos aula, e, em nossa aula, nunca se trabalhará. Vocês estão com fome?

Vozes gritaram:

— Sim, sim, sim, vamos lanchar!

Então trouxeram pequenas mesas redondas, e guardanapos grandes como folhas de lilás, e copos profundos como dedais de costura, e pratos fundos como cascas de nozes. A refeição foi chocolate e açúcar em pedaços; e o vinho não podia ser derramado nos copos, pois os pequenos frascos brancos, do tamanho do dedinho, tinham o gargalo muito estreito.

A sala era velha e alta. Em toda parte ardiam pequenas velas verdes e rosas, nos castiçais de estanho minúsculos. Nas paredes, os pequenos vidros redondos pareciam moedas transformadas em espelhos. Distinguiam-se as crianças das bonecas somente por sua imobilidade. Pois ficavam sentadas em suas poltronas, ou se penteavam, os braços erguidos, diante de pequenos toucadores, ou estavam já deitadas, o lençol até o queixo, em suas pequenas camas de cobre. E o solo estava coberto do fino musgo verde que se coloca nos estábulos de madeira.

Parecia que essa casa era uma prisão ou hospital. Mas uma prisão onde se trancavam inocentes para impedi-los de sofrer, um hospital onde se curava do trabalho da vida. E Monelle era a carcereira e a enfermeira.

A pequena Monelle olhava as crianças brincarem. Mas ela estava muito pálida. Talvez tivesse fome.

— De que você vive, Monelle? — disse-lhe eu de repente.

E ela me respondeu simplesmente:

— Nós não vivemos de nada. Nós não sabemos.

De repente, ela começou a rir. Mas ela estava muito fraca.

E sentou-se ao pé da cama de uma criança que estava doente. Ela lhe estendeu uma das pequenas garrafas brancas, e ficou muito tempo inclinada, os lábios entreabertos.

Havia crianças que dançavam uma roda e que cantavam com voz límpida. Monelle levantou um pouco a mão, e disse:

— Chut!

Depois ela falou, suavemente, com suas pequenas palavras. Ela disse:

— Acho que estou doente. Não vão embora. Brinquem a minha volta. Amanhã, outra irá procurar belos brinquedos. Eu ficarei com vocês. Nós nos divertiremos sem fazer barulho. Chut! Mais tarde brincaremos nas ruas e nos campos, e nos darão o que comer em todos os comércios. Agora nos forçariam a viver como os outros. É preciso esperar. Nós brincaremos muito.

Monelle disse ainda:

— Amem-me muito. Eu amo todos vocês.

Depois ela pareceu adormecer perto da criança doente.

Todas as crianças a olhavam, a cabeça para frente.

Uma pequena voz tremida disse fracamente: "Monelle morreu". E fez-se um grande silêncio.

As crianças trouxeram para perto da cama as pequenas velas acesas. E, pensando que ela dormia talvez, arrumaram diante dela, como para uma boneca, pequenas árvores verde-claro talhadas em ponta e colocaram-nas entre as ovelhas de madeira branca para olhá-la. Em seguida, sentaram-se e a espiaram. Pouco tempo depois, a criança doente, sentindo que a face de Monelle tornava-se fria, começou a chorar.

DE SUA FUGA

Havia uma criança que tinha o costume de brincar com Monelle. Isso era antigamente, quando Monelle ainda não tinha partido. Todas as horas do dia, ele as passava perto dela, olhando tremer seus olhos. Ela ria sem motivo e ele ria sem motivo. Quando ela dormia, seus lábios entreabertos estavam em trabalho de boas palavras. Quando acordava, sorria para si, sabendo que ele ia vir.

Não era uma brincadeira de verdade que se brincava: pois Monelle era obrigada a trabalhar. Tão pequena, ela ficava sentada o dia inteiro atrás de uma velha janela cheia de poeira. A muralha da frente era cega de cimento, sob a triste luz do norte. Mas os pequenos dedos de Monelle corriam no tecido, como se trotassem em uma estrada de pano branco e os alfinetes espetados sobre seus joelhos marcavam as etapas. A mão direita ficava recolhida como um pequeno carrinho de carne, e ela avançava, deixando atrás de si um sulco orlado; e triscando, triscando, a agulha dardejava sua língua de aço, mergulhava e emergia, puxando o longo fio pelo seu olho de ouro. E a mão esquerda era boa de se ver, porque acariciava suavemente o tecido novo, e o aliviava de todas as suas dobras, como se ela tivesse bordado em silêncio os lençóis limpos de um doente.

Assim a criança olhava Monelle e se alegrava sem falar, pois seu trabalho parecia uma brincadeira, e ela lhe dizia coisas simples que não faziam muito sentido. Ela ria ao sol, ela ria na chuva, ela ria na neve. Ela adorava estar quente, molhada, gelada. Se tinha dinheiro, ela ria, pensando que iria dançar com um vestido novo. Se era miserável, ela ria, pensando que comeria feijões, uma grande provisão para uma semana. E pensava, tendo uns trocados, em outras crianças que faria rir; e esperava, com sua pequena mão vazia, poder se enroscar e se aninhar em sua fome e sua pobreza.

Ela estava sempre cercada de crianças que a consideravam com olhos largos. Mas ela preferia talvez a criança que vinha passar perto dela as horas do dia. No entanto ela partiu e o deixou sozinho. Ela nunca lhe falou de sua partida, a não ser pelo fato de que se tornou mais grave, e o olhou mais longamente. Ele se lembrou também que ela deixou de amar tudo o que a cercava: sua pequena poltrona, os bichos pintados que lhe traziam, e todos os seus brinquedos, e todos os seus trapos. E ela sonhava, o dedo sobre a boca, com outras coisas.

Ela partiu uma noite de dezembro, quando a criança não estava lá. Portando em sua mão sua pequena lamparina ofegante, ela entrou, sem se voltar, nas trevas. Quando a criança chegou, ele percebeu ainda na extremidade negra da rua estreita uma chama fraca que suspirava. Foi tudo. Ele não reviu jamais Monelle.

Durante muito tempo ele se perguntou porque ela tinha partido sem dizer nada. Ele pensou que ela não tinha querido ficar triste de sua tristeza. Persuadiu-se de que ela tinha ido ao encontro de outras crianças que precisavam dela. Com sua pequena lamparina agonizante, ela tinha ido lhes levar socorro, o socorro de uma pequena chama risonha na noite. Talvez ela tivesse achado que não deveria amá-lo demais, só ele, a fim de poder amar também outros pequenos desconhecidos. Talvez a agulha com seu olho de ouro tendo puxado o pequeno carrinho de carne até o fim, até o extremo fim do sulco orlado, Monelle tivesse ficado cansada da estrada crua de tecido onde trotavam suas mãos. Sem dúvida ela tinha querido brincar eternamente. E a criança não tinha sabido como brincar a brincadeira eterna. Talvez ela tenha desejado enfim ver o que havia atrás da velha muralha cega, da qual todos os olhos estavam fechados, há anos, com cimento. Talvez ela fosse voltar. Em vez de dizer: "Até logo, espere-me, seja bonzinho!", para que ele vigiasse o barulho de pequenos passos no corredor e o estalar de todas as chaves nas fechaduras, ela calou-se, e viria, de surpresa, pelas suas costas, colocar duas mãozinhas mornas sobre seus olhos — ah sim! — e gritaria: "Olá!", com a voz de passarinho que volta para perto do fogo.

Ele se lembrou do primeiro dia em que a viu, saltando como uma frágil brancura flamejante toda tremendo de rir. E seus olhos eram olhos d'água onde os pensamentos se moviam como sombras de plantas. Ali, no desvio da rua, ela tinha vindo, simplesmente. Ela tinha rido, com gargalhadas lentas, parecidas com a vibração cessante de uma taça de cristal. Era no crepúsculo de inverno, e havia neblina; este comércio estava aberto, assim. O mesmo fim de tarde, as mesmas coisas em volta, o mesmo zumbido nas orelhas: o ano diferente e a espera. Ele avançava com precaução; todas as coisas estavam iguais, como na primeira vez; mas ele a esperava: não seria uma razão para que ela viesse? E ele estendia sua pobre mão aberta através da neblina.

Desta vez, Monelle não saiu do desconhecido. Nenhum risinho agitou a bruma. Monelle estava longe, e não se lembrava mais da tarde nem do ano. Quem sabe? Ela tinha se esgueirado talvez à noite no quartinho inabitado e o espiava atrás da porta com um tremor suave. A criança caminhou sem barulho, para surpreendê-la. Mas ela não estava mais lá. Ela ia voltar — oh! sim, ela ia voltar. As outras crianças tinham tido suficiente felicidade dela. Era sua vez agora. A criança escutou sua voz maliciosa murmurando: "Eu fui bonzinho hoje!". Pequena palavra desaparecida, longínqua, apagada como uma antiga cor, gasta já pelos ecos da lembrança.

A criança sentou-se pacientemente. Ali estava a pequena poltrona de vime, marcada por seu corpo, e o banquinho que ela gostava, e o pequeno espelho mais querido porque estava quebrado, e o último corpete que ela tinha costurado, o corpete "que se chamava Monelle", armado, um pouco bojudo, esperando sua dona.

Todas as pequenas coisas do quarto a esperavam. A mesa de trabalho tinha ficado aberta. O pequeno metro dentro de sua caixa redonda esticava sua língua verde, furada com um anel. O tecido aberto dos lenços se erguia em pequenas colunas brancas. As pontas das agulhas se armavam atrás, semelhantes a lanças emboscadas. O pequeno dedal de ferro trabalhado era um chapéu de armada abandonado. A tesoura abria indolentemente a boca como um dragão de aço. Assim tudo dormia à espera. O pequeno carrinho de carne, macio e ágil, não circulava mais, derramando sobre esse mundo encantado seu tépido calor. Todo o estranho pequeno castelo de trabalho cochilava. A criança esperava.

A porta ia se abrir suavemente; a pequena chama risonha flutuaria; as colinas brancas se estenderiam; as finas lanças se chocariam; o chapéu de armada reencontraria sua cabeça rosa; o dragão de aço estalaria rapidamente com a boca, e o pequeno carrinho de carne trotaria por toda parte, e a voz apagada diria ainda: "Eu fui bonzinho hoje!". Os milagres não acontecem duas vezes?

DE SUA PACIÊNCIA

Cheguei a um lugar muito estreito e obscuro, mas perfumado com um odor triste de violetas abafadas. E não havia nenhuma maneira de evitar esse lugar que era como uma longa galeria. E, tateando em volta de mim, toquei um pequeno corpo encolhido como outrora no sono, e rocei cabelos e passei a mão sobre um rosto que eu conhecia, e pareceu-me que o pequeno rosto se franzia sob meus dedos, e compreendi que havia encontrado Monelle que dormia sozinha nesse lugar obscuro.

Exclamei de surpresa, e lhe disse, pois ela não chorava nem sorria:

— Ô Monelle! Você veio então dormir aqui, longe de nós, como um paciente gerbo na cova do sulco?

E ela arregalou seus olhos e entreabriu os lábios, como outrora, quando não compreendia, e implorava a inteligência daquele que ela amava.

— Ô Monelle — disse eu ainda —, todas as crianças choram na casa vazia; e os brinquedos cobrem-se de poeira, e a pequena lamparina se apagou, e todos os risos que estavam pelos cantos se foram, e o mundo voltou ao trabalho. Mas nós pensávamos que você estivesse em outro lugar. Pensávamos que você brincava longe de nós, em um lugar em que não poderíamos chegar. E eis que você dorme, aninhada como um pequeno animal selvagem, sob a neve que você amava por sua brancura.

Então ela falou, e sua voz era a mesma, coisa estranha, nesse lugar obscuro, e não pude me impedir de chorar, e ela enxugou minhas lágrimas com seus cabelos, pois estava nua.

— Ô meu querido — disse ela —, não deve chorar; pois você precisa de seus olhos para trabalhar, tanto quanto se viverá trabalhando, e os tempos não vieram. E não se deve ficar nesse lugar frio e obscuro.

E eu soluçava então e lhe disse:

— Ô Monelle, mas você temia as trevas?

— Eu não as temo mais — disse ela.

— Ô Monelle, mas você tinha medo do frio como da mão de um morto?

— Eu não tenho mais medo do frio — disse ela.

— E você está completamente só aqui, completamente só, sendo uma criança, e você chorava quando ficava só.

— Eu não estou mais só — disse ela —; pois eu espero.

— Ô Monelle, quem espera você, dormindo enrolada nesse lugar obscuro?

— Eu não sei — disse ela —; mas espero. E estou com minha espera.

E percebi então que todo seu pequeno rosto se projetava em direção a uma grande esperança.

— Não se deve ficar aqui — disse ela ainda —, nesse lugar frio e obscuro, meu amado; volte para seus amigos.

— Você não quer me guiar e me ensinar, Monelle, para que eu tenha também a paciência de sua espera? Eu estou tão só!

— Ô meu amado — disse ela —, eu serei inábil a lhe ensinar como outrora, quando eu era, dizia você, um bichinho; são coisas que você encontrará certamente por meio de longa e laboriosa reflexão, assim como eu as vi de repente enquanto durmo.

— Você está aninhada assim, Monelle, sem a lembrança de sua vida passada, ou você lembra ainda de nós?

— Como poderia eu, meu amado, esquecer você? Pois você está na minha espera, junto a qual eu durmo; mas não posso explicar. Lembra, eu gostava muito da terra, e arrancava as flores para replantá-las; lembra, eu dizia com frequência: "Se eu fosse um passarinho, você me colocaria em seu bolso, quando partisse." Ô meu amado, eu estou aqui na boa terra, como uma semente negra, e espero para ser um passarinho.

—Ô Monelle, você dorme antes de voar para muito longe de nós.

— Não, meu amado, eu não sei se voarei; pois não sei nada. Mas estou enroscada àquilo que amava, e durmo junto a minha espera. E antes de adormecer, eu era um bichinho, como você dizia, pois era igual a uma larva nua. Um dia achamos juntos um casulo todo branco, todo sedoso, e que não tinha nenhum furo. Malvado, você o abriu, e ele estava vazio. Você acha que o bichinho alado não tinha saído? Mas ninguém pode saber como. E ele tinha dormido muito tempo. E antes de dormir ele tinha sido uma pequena larva nua; e as pequenas larvas são cegas. Imagine, meu amado (não é verdade, mas é assim que penso com frequência), que teci meu pequeno casulo com o que amava, a terra, os brinquedos, as flores, as crianças, as pequenas palavras, e a lembrança de você, meu amado; é um nicho branco e sedoso, e ele não me parece frio nem obscuro. Mas ela não é talvez assim para os outros. E eu bem sei que ela não se abrirá, e que ficará fechado como o casulo de outrora. Mas eu não estarei mais nele, meu amado. Pois minha espera é de ir-me embora como o bichinho alado, ninguém pode saber como. E onde quero ir, eu não sei; mas é minha espera. E as crianças também, e você, meu amado, e o dia em que não se trabalhará mais sobre a terra são minha espera. Eu continuo a ser um bichinho, meu amado; não sei explicar melhor.

— É preciso, é preciso — disse eu —, que você saia comigo desse lugar obscuro, Monelle; pois sei que você não pensa essas coisas; e você se escondeu para chorar; e já que a encontrei enfim totalmente só, dormindo aqui, totalmente só, esperando aqui, venha comigo, venha comigo, para fora desse lugar obscuro e estreito.

— Não fique, ô meu amado — disse Monelle —, pois você sofreria muito; e eu, não posso ir, pois a casa que teci para mim é totalmente fechada, e não é assim que sairei.

Então Monelle colocou seus braços em torno de meu pescoço, e seu beijo foi igual, coisa estranha, àqueles de outrora, e eis porque eu chorei ainda, e ela enxugou minhas lágrimas com seus cabelos.

— Não deve chorar — disse ela —, se você não quer me afligir em minha espera; e talvez eu não espere tanto tempo. Não fique então mais desolado. Pois eu abençoo você por ter me ajudado a dormir em minha pequena cova sedosa cuja melhor seda branca é feita de você, e onde durmo agora, enroscada sobre mim mesma.

E como outrora, em seu sono, Monelle se enroscou contra o invisível e me disse: "Eu durmo, meu amado."

Assim, eu a encontrei; mas como estarei seguro de reencontrá-la nesse lugar muito estreito e obscuro?

DE SEU REINO

Eu lia naquela noite, e meu dedo seguia as linhas e as palavras; meus pensamentos estavam em outro lugar. E em volta de mim caía uma chuva negra, oblíqua e afiada. E a luz de minha lâmpada iluminava as cinzas frias da lareira. E minha boca estava cheia de um gosto de sujeira e de escândalo; pois o mundo me parecia obscuro e minhas luzes estavam apagadas. E três vezes exclamei:

— Eu queria tanto água lamacenta para estancar minha sede de infâmia.

Ô eu estou com o escandaloso: apontem seus dedos para mim!

É preciso sujá-los de lama, pois não me desprezam.

E os sete copos cheios de sangue me esperarão sobre a mesa e a luz de uma coroa de ouro cintilará entre.

Mas uma voz ressoou, que não me era estranha, e o rosto daquela que apareceu não me era desconhecido. E ela gritava estas palavras:

— Um reino branco! Um reino branco! Eu conheço um reino branco!

E eu virei a cabeça e lhe disse, sem surpresa:

— Pequena cabeça mentirosa, pequena boca que mente, não há mais reis nem reinos. Eu desejo em vão um reino vermelho: pois o tempo é passado. E este reino aqui é negro, mas não é um reino; pois uma multidão de reis tenebrosos aí agitam seus braços. E não há em parte alguma no mundo um reino branco, nem um rei branco.

Mas ela gritou de novo estas palavras:

— Um reino branco! Um reino branco! Eu conheço um reino branco!

E eu quis lhe tomar a mão; mas ela me evitou.

— Nem pela tristeza — disse ela —, nem pela violência. No entanto há um reino branco. Venha com minhas palavras; escute.

E ela permaneceu silenciosa; e eu me lembrei.

— Nem pela lembrança — disse ela. — Venha com minhas palavras; escute.

E ela permaneceu silenciosa; e eu me escutei pensar.

— Nem pelo pensamento — disse ela. — Venha com minhas palavras; escute.

E ela permaneceu silenciosa.

Então eu destruí em mim a tristeza de minha lembrança, e o desejo de minha violência, e toda minha inteligência desapareceu. E fiquei à espera.

— Eis aqui — disse ela —, e você verá o reino, mas não sei se você entrará. Pois sou difícil de compreender, salvo por aqueles que não compreendem; e sou difícil de entender, salvo por aqueles que não entendem mais; e sou difícil de reconhecer, salvo por aqueles que não têm lembrança. Na verdade, eis que você me tem, e não tem mais. Escute.

Então eu escutei em minha espera.

Mas não ouvi nada. E ela sacudiu a cabeça e me disse:

— Você sente saudade de sua violência e sua lembrança, e a destruição não está acabada. É preciso destruir para obter o reino branco. Confesse-se e você será libertado; ponha em minhas mãos sua violência e sua lembrança, e eu as destruirei; pois toda confissão é uma destruição.

E eu exclamei:

— Eu lhe darei tudo, sim, eu lhe darei tudo. E você o tomará e o aniquilará, pois não sou mais suficientemente forte.

Eu desejei um reino vermelho. Havia reis sangrentos que afiavam suas lâminas. Mulheres de olhos turvos choravam sobre juncos carregados de ópio. Vários piratas enterravam na areia das ilhas cofres pesados de lingotes. Todas as prostitutas estavam livres. Os ladrões cruzavam as estradas sob o descorado da aurora. Muitas jovens fartavam-se de guloseimas e de luxúria. Uma tropa de embalsamadoras dourava cadáveres na noite azul. As crianças desejavam amores longínquos e assassínios ignorados. Corpos nus cobriam os ladrilhos das saunas quentes. Todas as coisas eram cobertas por especiarias ardentes e iluminadas por velas vermelhas. Mas este reino se afundou sob a terra, e eu acordei em meio às trevas.

E então eu tive um reino negro que não é um reino: pois está repleto de reis que se creem reis e que o obscurecem com suas obras e suas ordens. E uma sombria chuva o encharca noite e dia. E eu errei muito tempo pelos caminhos, até a pequena luz de uma lamparina tremeluzente que me apareceu no centro da noite. A chuva molhava minha cabeça; mas eu vivi sob a pequena lamparina. Aquela que a segurava se chamava Monelle, e nós brincamos os dois nesse reino negro. Mas uma noite a pequena lamparina se apagou e Monelle fugiu. E eu a procurei muito tempo por entre essas trevas: mas não pude encontrá-la. E esta noite eu a procurava nos livros; mas a procuro em vão. E estou perdido no reino negro; e não posso esquecer a pequena luz de Monelle. E tenho na boca um gosto de infâmia.

E tão logo falei, senti que a destruição se tinha feito em mim, e minha espera se clareou com um tremor e escutei as trevas e sua voz dizia:

— Esqueça todas as coisas, e todas as coisas lhe serão restituídas. Esqueça Monelle e ela lhe será restituída. Tal é a nova palavra. Imite o pequeno cãozinho, cujos olhos não estão abertos e que procura tateando um nicho para seu focinho frio.

E aquela que me falava gritou:

— Um reino branco! Um reino branco! Eu conheço um reino branco!

E eu fui dominado pelo esquecimento e meus olhos irradiaram candura.

E aquela que me falava gritou:

— Um reino branco! Um reino branco! Eu conheço um reino branco!

E o esquecimento penetrou em mim e o lugar de minha inteligência tornou-se profundamente cândido.

E aquela que me falava gritou ainda:

— Um reino branco! Um reino branco! Eu conheço um reino branco!

Eis a chave do reino: no reino vermelho há um reino negro; no reino negro há um reino branco; no reino branco...

— Monelle! — gritei — Monelle! No reino branco está Monelle!

E o reino apareceu; mas ele estava cercado de brancura.

Então eu perguntei:

— E onde está a chave do reino?

Mas aquela que me falava permaneceu taciturna.

DE SUA RESSURREIÇÃO

Louvette me conduziu por um caminho verde até a borda do campo. A terra se elevava mais longe, e no horizonte uma linha marrom cortava o céu. As nuvens ardentes já pendiam em direção ao poente. Na altura incerta da tarde, eu distingui pequenas sombras errantes.

— Logo — disse ela —, veremos se acender o fogo. E amanhã, será mais longe. Pois eles não permanecem em lugar nenhum. E acendem apenas um fogo em cada local.

— Quem são eles? — perguntei a Louvette.

— Não se sabe. São crianças vestidas de branco. Há os que vieram de nossos vilarejos. E outros caminham há muito tempo.

Vimos brilhar uma pequena chama que dançava sobre a elevação.

— Eis o seu fogo — disse Louvette. — Agora poderemos encontrá-los. Pois eles passam a noite onde fizeram sua fogueira, e no dia seguinte deixam o lugar.

E quando chegamos ao cimo onde queimava a chama, percebemos muitas crianças brancas em volta do fogo.

E entre elas, parecendo lhes falar e guiar, reconheci a pequena vendedora de lamparinas que eu tinha encontrado outrora na cidade negra e chuvosa.

E ela se levantou dentre as crianças e me disse:

— Eu não vendo mais as pequenas lamparinas mentirosas que se apagavam sob a chuva triste.

Pois chegaram os tempos onde a mentira tomou o lugar da verdade, onde o trabalho miserável pereceu.

Nós brincamos na casa de Monelle; mas as lamparinas eram brinquedos e a casa um asilo.

Monelle morreu; eu sou a mesma Monelle, e me levantei na noite, e os pequenos vieram comigo, e nós iremos pelo mundo.

Ela se virou para Louvette:

— Venha conosco — disse ela —, e seja feliz na mentira.

E Louvette correu entre as crianças e foi vestida igualmente de branco.

— Nós vamos, retomou aquela que nos guiava, e mentimos a todo aquele que chega a fim de lhe dar a alegria.

Nossos brinquedos eram mentiras, e agora as coisas são nossos brinquedos.

Entre nós, ninguém sofre e ninguém morre: dizemos que aqueles lá se esforçam por conhecer a triste verdade, que não existe de maneira alguma. Aqueles que querem conhecer a verdade se afastam e nos abandonam.

Ao contrário, não temos nenhuma fé nas verdades do mundo; pois elas conduzem à tristeza.

E queremos levar nossas crianças à alegria.

Agora as pessoas grandes poderão vir até nós, e lhes ensinaremos a ignorância e a ilusão.

Nós lhes mostraremos as pequenas flores dos campos, tal como eles não as viram; pois cada uma é nova.

E nós nos surpreenderemos com todo lugar que veremos; pois todo lugar é novo.

Não há semelhanças neste mundo, e não há lembranças para nós.

Tudo muda sem cessar, e nos acostumamos à mudança.

— Eis porque acendemos uma fogueira cada noite em um lugar diferente; e em volta do fogo inventamos pelo prazer do instante as histórias dos pigmeus e das bonecas vivas.

E quando a chama se apaga, outra mentira nos toma; e ficamos alegres em nos surpreender.

E de manhã não conhecemos mais nossos rostos: pois talvez alguns tenham desejado conhecer a verdade e outros se lembrem apenas da mentira da véspera.

Assim passamos pelos lugares, e uma multidão vem até nós e aqueles que nos seguem tornam-se felizes.

Quando vivíamos na cidade, obrigavam-nos ao mesmo trabalho, e amávamos as mesmas pessoas; e o mesmo trabalho nos cansava, e nos desolávamos em ver as pessoas que amávamos sofrer e morrer.

E nosso erro era pararmos assim na vida, e, ficando imóveis, olhar escoarem-se todas as coisas, ou tentar parar a vida e construir-nos uma morada eterna entre ruínas flutuantes.

Mas as pequenas lamparinas mentirosas nos iluminaram o caminho da felicidade.

Os homens procuram sua alegria na lembrança, e resistem à existência, e se orgulham da verdade do mundo, que não é mais verdadeira, tendo se tornado verdade.

Eles se afligem com a morte, que é tão somente a imagem de sua ciência e de suas leis imutáveis; eles se desolam por ter escolhido mal no futuro que calcularam segundo verdades passadas, onde escolhem com desejos passados.

Para nós, todo desejo é novo e desejamos apenas o momento mentiroso; toda lembrança é verdadeira, e renunciamos a conhecer a verdade.

E olhamos o trabalho como funesto, pois ele para nossa vida e a torna igual a ela mesma.

E todo hábito nos é pernicioso; pois nos impede de nos oferecermos às novas mentiras.

Tais foram as palavras daquela que nos guiava.

E eu supliquei a Louvette que voltasse comigo à casa de seus pais; mas vi muito bem em seus olhos que ela não me reconhecia mais.

Toda a noite, vivi em um universo de sonhos e de mentiras e tentei aprender a ignorância e a ilusão e o espanto da criança recém-nascida.

Depois as pequenas chamas dançantes se abrandaram.

Então, na noite triste, percebi crianças cândidas que choravam, não tendo ainda perdido a memória.

E outras foram tomadas repentinamente pelo frenesi do trabalho, e cortavam espigas e as atavam em maços na sombra.

E outras, tendo querido conhecer a verdade, voltaram seus pequenos rostos pálidos para as cinzas frias, e morreram tremendo em suas vestes brancas.

Mas quando o céu rosa palpitou, aquela que nos guiava levantou-se e não se lembrou de nós, nem daqueles que tinham querido conhecer a verdade, e ela se pôs em marcha, e muitas crianças brancas a seguiram.

E seu grupo era alegre e eles riam suavemente de todas as coisas.

E quando a tarde chegou, eles construíram de novo sua fogueira de palha.

E de novo as chamas diminuíram, e no meio da noite as cinzas tornaram-se frias.

Então Louvette se lembrou, e ela preferiu amar e sofrer, e ela se aproximou de mim com sua veste branca, e fugimos os dois através do campo.

COLEÇÃO DE BOLSO HEDRA

1. *Iracema*, Alencar
2. *Don Juan*, Molière
3. *Contos indianos*, Mallarmé
4. *Auto da barca do Inferno*, Gil Vicente
5. *Poemas completos de Alberto Caeiro*, Pessoa
6. *Triunfos*, Petrarca
7. *A cidade e as serras*, Eça
8. *O retrato de Dorian Gray*, Wilde
9. *A história trágica do Doutor Fausto*, Marlowe
10. *Os sofrimentos do jovem Werther*, Goethe
11. *Dos novos sistemas na arte*, Maliévitch
12. *Mensagem*, Pessoa
13. *Metamorfoses*, Ovídio
14. *Micromegas e outros contos*, Voltaire
15. *O sobrinho de Rameau*, Diderot
16. *Carta sobre a tolerância*, Locke
17. *Discursos ímpios*, Sade
18. *O príncipe*, Maquiavel
19. *Dao De Jing*, Laozi
20. *O fim do ciúme e outros contos*, Proust
21. *Pequenos poemas em prosa*, Baudelaire
22. *Fé e saber*, Hegel
23. *Joana d'Arc*, Michelet
24. *Livro dos mandamentos: 248 preceitos positivos*, Maimônides
25. *O indivíduo, a sociedade e o Estado, e outros ensaios*, Emma Goldman
26. *Eu acuso!*, Zola | *O processo do capitão Dreyfus*, Rui Barbosa
27. *Apologia de Galileu*, Campanella
28. *Sobre verdade e mentira*, Nietzsche
29. *O princípio anarquista e outros ensaios*, Kropotkin
30. *Os sovietes traídos pelos bolcheviques*, Rocker
31. *Poemas*, Byron
32. *Sonetos*, Shakespeare
33. *A vida é sonho*, Calderón
34. *Escritos revolucionários*, Malatesta
35. *Sagas*, Strindberg
36. *O mundo ou tratado da luz*, Descartes
37. *O Ateneu*, Raul Pompeia
38. *Fábula de Polifemo e Galateia e outros poemas*, Góngora
39. *A vênus das peles*, Sacher-Masoch
40. *Escritos sobre arte*, Baudelaire
41. *Cântico dos cânticos*, [Salomão]
42. *Americanismo e fordismo*, Gramsci
43. *O princípio do Estado e outros ensaios*, Bakunin
44. *O gato preto e outros contos*, Poe
45. *História da província Santa Cruz*, Gandavo
46. *Balada dos enforcados e outros poemas*, Villon
47. *Sátiras, fábulas, aforismos e profecias*, Da Vinci
48. *O cego e outros contos*, D.H. Lawrence

49. *Rashômon e outros contos*, Akutagawa
50. *História da anarquia (vol. 1)*, Max Nettlau
51. *Imitação de Cristo*, Tomás de Kempis
52. *O casamento do Céu e do Inferno*, Blake
53. *Cartas a favor da escravidão*, Alencar
54. *Utopia Brasil*, Darcy Ribeiro
55. *Flossie, a Vênus de quinze anos*, [Swinburne]
56. *Teleny, ou o reverso da medalha*, [Wilde et al.]
57. *A filosofia na era trágica dos gregos*, Nietzsche
58. *No coração das trevas*, Conrad
59. *Viagem sentimental*, Sterne
60. *Arcana Cœlestia* e *Apocalipsis revelata*, Swedenborg
61. *Saga dos Volsungos*, Anônimo do séc. XIII
62. *Um anarquista e outros contos*, Conrad
63. *A monadologia e outros textos*, Leibniz
64. *Cultura estética e liberdade*, Schiller
65. *A pele do lobo e outras peças*, Artur Azevedo
66. *Poesia basca: das origens à Guerra Civil*
67. *Poesia catalã: das origens à Guerra Civil*
68. *Poesia espanhola: das origens à Guerra Civil*
69. *Poesia galega: das origens à Guerra Civil*
70. *O chamado de Cthulhu e outros contos*, H.P. Lovecraft
71. *O pequeno Zacarias, chamado Cinábrio*, E.T.A. Hoffmann
72. *Tratados da terra e gente do Brasil*, Fernão Cardim
73. *Entre camponeses*, Malatesta
74. *O Rabi de Bacherach*, Heine
75. *Bom Crioulo*, Adolfo Caminha
76. *Um gato indiscreto e outros contos*, Saki
77. *Viagem em volta do meu quarto*, Xavier de Maistre
78. *Hawthorne e seus musgos*, Melville
79. *A metamorfose*, Kafka
80. *Ode ao Vento Oeste e outros poemas*, Shelley
81. *Oração aos moços*, Rui Barbosa
82. *Feitiço de amor e outros contos*, Ludwig Tieck
83. *O corno de si próprio e outros contos*, Sade
84. *Investigação sobre o entendimento humano*, Hume
85. *Sobre os sonhos e outros diálogos*, Borges | Osvaldo Ferrari
86. *Sobre a filosofia e outros diálogos*, Borges | Osvaldo Ferrari
87. *Sobre a amizade e outros diálogos*, Borges | Osvaldo Ferrari
88. *A voz dos botequins e outros poemas*, Verlaine
89. *Gente de Hemsö*, Strindberg
90. *Senhorita Júlia e outras peças*, Strindberg
91. *Correspondência*, Goethe | Schiller
92. *Índice das coisas mais notáveis*, Vieira
93. *Tratado descritivo do Brasil em 1587*, Gabriel Soares de Sousa
94. *Poemas da cabana montanhesa*, Saigyō
95. *Autobiografia de uma pulga*, [Stanislas de Rhodes]
96. *A volta do parafuso*, Henry James
97. *Ode sobre a melancolia e outros poemas*, Keats
98. *Teatro de êxtase*, Pessoa

99. *Carmilla — A vampira de Karnstein*, Sheridan Le Fanu
100. *Pensamento político de Maquiavel*, Fichte
101. *Inferno*, Strindberg
102. *Contos clássicos de vampiro*, Byron, Stoker e outros
103. *O primeiro Hamlet*, Shakespeare
104. *Noites egípcias e outros contos*, Púchkin
105. *A carteira de meu tio*, Macedo
106. *O desertor*, Silva Alvarenga
107. *Jerusalém*, Blake
108. *As bacantes*, Eurípides
109. *Emília Galotti*, Lessing
110. *Contos húngaros*, Kosztolányi, Karinthy, Csáth e Krúdy
111. *A sombra de Innsmouth*, H.P. Lovecraft
112. *Viagem aos Estados Unidos*, Tocqueville
113. *Émile e Sophie ou os solitários*, Rousseau
114. *Manifesto comunista*, Marx e Engels
115. *A fábrica de robôs*, Karel Tchápek
116. *Sobre a filosofia e seu método — Parerga e paralipomena (v. II, t. I)*, Schopenhauer
117. *O novo Epicuro: as delícias do sexo*, Edward Sellon
118. *Revolução e liberdade: cartas de 1845 a 1875*, Bakunin
119. *Sobre a liberdade*, Mill
120. *A velha Izerguil e outros contos*, Górki
121. *Pequeno-burgueses*, Górki
122. *Um sussurro nas trevas*, H.P. Lovecraft
123. *Primeiro livro dos Amores*, Ovídio
124. *Educação e sociologia*, Durkheim
125. *Elixir do pajé — poemas de humor, sátira e escatologia*, Bernardo Guimarães
126. *A nostálgica e outros contos*, Papadiamántis
127. *Lisístrata*, Aristófanes
128. *A cruzada das crianças/ Vidas imaginárias*, Marcel Schwob
129. *O livro de Monelle*, Marcel Schwob
130. *A última folha e outros contos*, O. Henry
131. *Romanceiro cigano*, Lorca

Edição _ Bruno Costa
Coedição _ Iuri Pereira e Jorge Sallum
Capa e projeto gráfico _ Júlio Dui e Renan Costa Lima
Imagem de capa _ Detalhe de *Seated Woman with Left Leg Drawn Up* (1917), de Egon Schiele
Programação em LaTeX _ Marcelo Freitas
Assistência editorial _ Bruno Oliveira e Camila Boldrini
Preparação e revisão _ Camila Boldrini
Colofão _ Adverte-se aos curiosos que se imprimiu esta obra em nossas oficinas em 17 de março de 2011, em papel off-set 90 g/m^2, composta em tipologia Minion Pro, em GNU/Linux (Gentoo, Sabayon e Ubuntu), com os softwares livres LaTeX, DeTeX, VIM, Evince, Pdftk, Aspell, SVN e TRAC.